Allegria

Die Autorin

Louise L.Hay begann ihre Arbeit, als sie bei der Selbstheilung ihrer eigenen Krebserkrankung erfuhr, welche Bedeutung eine positive Lebenseinstellung für den Heilungsprozess haben kann. Ihre ersten Bücher stellten in den achtziger Jahren eine Revolution für das Selbstverständnis von Aids- und anderen Schwerstkranken dar. Seitdem hat sie mit ihrer Methode der positiven Selbstbeeinflussung mehr als 50 Millionen Menschen in über 30 Ländern der Welt geholfen. Um ihr Werk ist mit Hay House ein eigener Verlag entstanden, der heute in den USA zu den wichtigsten Vorreitern alternativer Gesundheitslehren und eines neuen humanen Umgangs mit menschlichen Problemen gehört. Ihr Name wurde zum Synonym für die Aktivierung von Selbstheilungskräften zur Unterstützung jeder ärztlichen Therapie. Sie lebt in Kalifornien.

Von Louise L. Hay sind in unserem Hause erschienen:

Ist das Leben nicht wunderbar!,
mit Cheryl Richardson (Allegria)
Gesundheit für Körper und Seele
(Allegria)
Meditation für Körper und Seele
(Allegria)
Licht für Körper und Seele (Allegria)

Das Mädchen und der Maler
mit Lynn Lauber
Finde Deine Lebenskraft
… und plötzlich war alles anders
Gesundheit für Körper und Seele A-Z
Meditation für Körper und Seele
Gesundheit für Körper und Seele
Liebe statt Angst
Alles wird gut!
Das Beste, was mir je passiert ist
Wahre Kraft kommt von innen
Aufbruch ins Licht
Balance für Körper und Seele
Gute Gedanken für jeden Tag
Die Kraft einer Frau
Du bist dein Heiler!
Das Leben lieben
Du selbst bist die Antwort
Die innere Ruhe finden
Das große Buch der heilenden Gedanken
Das große Buch der wahren Kraft

Balance für Körper und Seele (CD)
Gedanken der Kraft (CD)
Liebe statt Angst (CD)
Du bist dein Heiler! (CD)
Heilende Gedanken für Körper
und Seele (CD)
Verzeihen ist Leben (CD)

Das Mädchen und der Maler (DVD)
Ihr Weg zum erfüllten Leben (DVD)
You Can Heal Your Life –
Der Film (DVD)
Grenzen überwinden (DVD)

Du bist dein Heiler!(Kartendeck)
Körper und Seele (Kartendeck)
Glück und Weisheit (Kartendeck)
Jeden Tag gut drauf (Kartendeck)
Du kannst es! (Kartendeck)

I CAN DO IT (Kalender)

Louise L. Hay
mit Lynn Lauber

Das MÄDCHEN und der MALER

Aus dem Amerikanischen von
Marita Böhm

Ullstein

Besuchen Sie uns im Internet:
www.ullstein-taschenbuch.de

Allegria im Ullstein Taschenbuch

FSC
www.fsc.org
MIX
Papier aus verantwortungsvollen Quellen
FSC® C014496

Ullstein Taschenbuch ist ein Verlag der
Ullstein Buchverlage GmbH, Berlin
Erstausgabe im Ullstein Taschenbuch
1. Auflage Oktober 2012
2. Auflage 2013

Erschienen 2012 im Verlag Hay House Inc. USA
Umschlaggestaltung: FranklDesign, München
Titelabbildung: Hay House Inc. USA
Innenabbildung: © christine krahl/Fotolia.com
Satz: Keller & Keller GbR
Gesetzt aus der Bembo
Papier: Pamo Super von
Arctic Paper Mochenwangen GmbH
Druck und Bindearbeiten:
GGP Media GmbH, Pößneck
Printed in Germany
ISBN 978-3-548-74575-6

1

Diese Geschichte handelt von Liebe und Hoffnung – und wie zwei Fremde einander, wie es schien, in letzter Minute retteten.

* * *

Es war wieder ein brütend heißer Tag im Mission District, einem Viertel in San Francisco, in dem alles Grüne und Schöne scheinbar verschwunden war. Die Edelkastanien und Trauer-Weidenmyrten, die früher hier wuchsen, gab es nicht mehr, und die Rasenflächen hatte man mit Asphalt überzogen, der so schwarz war wie Lakritze.

Lupe, die in einem Innenhof Rollschuh lief, schien die Ausnahme zu sein. Sie hatte etwas Erfrischendes und Andersartiges an sich. Mit ihren elf Jahren war sie schlaksig, und ihr langes dunkles Haar war zu einem Pferdeschwanz zusammengebunden. In einem bestimmten Licht war sie von einer zeitlosen Schönheit, die älter war, als sie an Jahren zählte – wie die Schönheit einer Heiligen in einem italienischen Fresko. Aber wenn sie lächelte, zeigte sich in ihrem Gesicht ein schelmisches Grinsen mit Grübchen – und sie war wieder ein kleines Mädchen.

Während sie in der kreisförmigen Hofeinfahrt ihre Bahnen zog, sang sie leise ein Lied: *»Voller Liebe zu sein gibt mir ein gutes Gefühl. Es ist ein Ausdruck meiner inneren Freude.«*

Sie hielt an, um eine altmodische Rose zu bewundern, die sich um einen Maschendrahtzaun geschlungen und eine Fülle aprikosenfarbener Blüten hervorgebracht hatte.

Dann sah sie zu einem Apartmentfenster im zweiten Stock hoch, wo, wie von Geisterhand, das nussbraune und zerfurchte Gesicht einer älteren Frau erschien.

»Großmutter, schau mal!«

»*Sí, sí. ¡Muy bonita!* Pass auf die Dornen auf«, rief die alte Frau, aber ihre Worte gingen in einem Schwall von Salsa-Musk unter, die in der Wohnung lauter gestellt worden war.

Lupe hätte ihre Warnung sowieso nicht beherzigt; sie konzentrierte sich einzig und allein auf Schönheit. Das störte Juana Saldana nicht – es war genau das, was sie ihre Enkelin gelehrt hatte. Dies war die Art, wie sie alle überlebten.

Die Großmutter kehrte wieder ins Apartment im zweiten Stock zurück, das vom Geräusch beharrlichen Gehämmers erfüllt war. Überall standen Umzugskartons herum. Es war ein schäbiges Apartment, die Geräte waren alt und die Teppiche verschlissen. Ein älterer Mann kam schweigend mit einer großen Topfpflanze herein und stellte sie ins Wohnzimmer, dann verschwand er wieder.

Zu dem Gehämmer kam bald noch ein anderes Geräusch hinzu, ein Summton im Apartment nebenan, 206.

Eine barsche männliche Stimme rief über den Lärm hinweg: »Ich höre Sie, ich höre Sie!«, und drückte als Antwort auf die Türöffnertaste.

Die Tür wurde aufgestoßen, und zum Vorschein kam das griesgrämige, zornige Gesicht eines hochgewachsenen Mannes in den Fünfzigern – Jonathan Langley. Mit seinem wallenden grau melierten Haar sah er distinguiert und zugleich verlebt aus, ein Prinz, der vom Pferd auf den Esel gekommen war. Er hatte ein schmales Gesicht mit hohen Wangenknochen und vollen Lippen. Sein teures Leinenhemd war mit Tomatensoße bekleckert, und er trug eine Drahtgestellbrille mit dunklen Gläsern. In der rechten Hand hielt er eine Handvoll Dollar.

Er spähte aus seinem Fenster in den Hof. »Sind Sie jetzt drin?«, rief er.

Die Türsprechanlage summte weiter.

»Ich habe doch schon aufgedrückt, Herrgott noch mal!«

Er stürmte zur Sprechanlage zurück und drückte wieder.

Die Stimme eines Boten dröhnte: »Jo! Ich habe ein Paket für …«

Jonathan unterbrach die Verbindung, er war unerklärlicherweise wütend. Zurzeit schien ihn alles zornig zu machen. In dieser Woche hatte er bereits den Stromableser, den Auslieferungsfahrer des China-Schnellimbisses und den Mann, der ihm einmal im Monat die Haare schnitt, zur Schnecke gemacht. Warum? Weil er es hasste, in seinem lausigen Apartment festzusitzen und auf andere angewiesen zu sein.

»Hier auch jo. Ich drücke jetzt noch mal den Türöffner. Wenn Sie den Summton hören, dann öffnen Sie die Tür. Das ist dieses große metallene Ding vor Ihrer Nase.«

Fluchend betätigte er wieder die Türöffnertaste. Der Bote drückte schließlich die Tür auf und trat ein.

Lupe lief jetzt nicht mehr Rollschuh. Sie stand im Hof und beobachtete fasziniert, wie Jonathans Kopf am Fenster auftauchte und wieder verschwand.

Das hartnäckige Gehämmer aus dem Apartment nebenan wurde noch lauter.

»Hören Sie endlich mit dem Krach auf!«, brüllte Jonathan, wobei ihm das Geld aus der Hand fiel. »Gottverdammt!« Er ging auf die Knie und tastete den Boden ab.

Der Bote erreichte den obersten Treppenabsatz und sah Langley auf dem Boden herumkriechen.

»Ich habe ein Paket für Mr Langley.«

»Schon gut, ich weiß, wie ich heiße, vielen Dank«, entgegnete Langley, der so lange den Boden abtastete, bis er den letzten Dollarschein gefunden hatte. Mühsam erhob er sich und reichte dem Boten das Geld. »Hier – ich hab es genau passend.«

Unter ihnen war das Geräusch von Rollschuhlaufen zu hören. Lupe, die den Eingangsbereich betreten hatte, stand jetzt unten an der Treppe und schaute hinauf.

»Hey, das Rollschuhlaufen ist im Hof unten verboten!«, rief Langley hinunter. »Lauf draußen auf der Straße, das ist viel gefährlicher!«

Als der Bote das Geld entgegennahm und ihm in das Apartment folgte, sah er Langley schließlich ins Gesicht. »Hey – oh, verdammt, Mann, das wusste ich nicht. Sie sind ja blind.«

Jonathan machte ein finsteres Gesicht und wandte sich ab. »Legen Sie das Paket auf den Tisch, und nehmen Sie das andere mit. Es ist versandfertig. Und passen Sie gut darauf auf!«

»*Jo*, ich mach das schon länger.«

»*Jo* ist kein Wort«, sagte Langley steif und ging weg.

Als der Bote sich zum Gehen umwandte, murmelte er: »Nun, *Arschloch* aber.«

Der Bote stürmte die Stufen hinunter und begegnete unten Lupe. Er warf ihr einen Blick zu, in dem sich Verärgerung und Kameradschaftlichkeit mischten.

»Mann, was für ein Scheusal.«

»Er ist nur verwirrt.«

»Du kennst ihn?«

»Nein«, antwortete sie und zögerte. »Noch nicht.«

* * *

Lupe lebte bei ihren Großeltern, aber sie dachte oft an ihre Eltern, die nach Mexiko zurückgegangen waren. Im vergangenen Jahr hatten beide ihre Jobs in den Staaten verloren, ihr Vater im Baugewerbe, ihre Mutter als Reinigungskraft in einem Pflegeheim. Da sie schwarzgearbeitet hatten, konnten sie kein Arbeitslosengeld beziehen, und sosehr sie sich auch bemühten, sie fanden keine neue Arbeit.

Lupe hatte gesehen, wie sie jeden Abend nach Hause kamen, ihrem Blick auswichen und im besorgten Flüsterton miteinander sprachen. Sie hatte gesehen, wie sie die abgegriffenen Dollarscheine zählten, die ganz hinten in der Schublade ihrer Mutter versteckt waren. Sie hatte gesehen, wie das sonst fröhliche Gesicht ihres Vaters hager wurde und sich darin Sorgenfalten eingruben, dass ihre Mutter jeden Abend neue Zubereitungsmöglichkeiten für Reis und Bohnen fand.

In diesen letzten Monaten, als ihr Leben den absoluten Tiefstand erreichte, musste die Familie eine schwere Entscheidung treffen: Wer sollte in den Staaten bleiben und wer zurückgehen?

Schließlich wurde beschlossen, dass Lupe mit ihren Großeltern bleiben und ihre Eltern zurückkehren würden. Lupe erinnerte sich mit stechendem Schmerz an jenes furchtbare Gespräch, als ihre Mutter sie mit ihrer bestimmten, förmlichen Stimme ins Wohnzimmer rief.

»Papa und ich gehen zurück. Es gibt keine andere Möglichkeit.«

Als Lupe geweint hatte, nahm ihre Mutter sie in die Arme. »Es wird nicht für immer sein, *mi amor*«, sagte sie, während sie gegen ihre eigenen Tränen ankämpfte. »Es ist das Beste, verstehst du.«

Die Tatsache, dass die Entscheidung einer finanziellen Notwendigkeit entsprang, machte es nicht einfacher.

Lupe vermisste ihren Vater, der neben ihr gesessen hatte, während sie ihre Geschichtshausaufgaben machte, und ihr in Mathe geholfen hatte; sie vermisste das Lachen ihrer Mutter am Morgen und ihr Lächeln, das den Tag verschönerte.

Sie vermisste sogar Axochiapan, das mexikanische Dorf, aus dem sie stammte, dort war alles grün, schön und äußerst arm. Als sie mit ihren Eltern zusammengelebt hatte, hatte sie selten an ihr Dorf gedacht; aber jetzt, da sie so weit weg waren, träumte sie von den Bougainvilleen, der nahe gelegenen Lagune und dem wohligen Gefühl, das sie überkam, wenn die Nachbarn nach dem Abendessen in den Hinterhöfen zusammenkamen, um sich vom Tag zu entspannen.

Sie erinnerte sich an ihre beste Freundin, Maria, die herüberkam, und daran, wie sie im staubigen Hinterhof spielten. Lupe war immer die Lehrerin oder die Krankenschwester und Maria die Schülerin oder die Patientin. Sie beabsichtigten beide, Karriere zu machen, wenn sie erwachsen waren, anders als ihre Mütter. Sie träumten davon, aufs College zu gehen, ein eigenes Fahrrad zu besitzen und in der Lage zu sein, ganz allein ins Lebensmittelgeschäft zu gehen, um das auszusuchen, was auch immer sie begehrten.

Lupe sehnte sich sehr danach, ihre Eltern und Freunde wenigstens zu besuchen, aber ihre Großmutter sagte ihr, dass dies nicht möglich sei. Für einen solchen Luxus sei kein Geld übrig. Abgesehen davon, was wäre, wenn man Lupe die Rückkehr in die Staaten verweigerte?

Ihre Großmutter erinnerte sie daran, dass Großvaters Herz nicht noch mehr Aufruhr und Traurigkeit aushalten könne. Aber daran musste Lupe nicht erinnert werden. Sie liebte ihren Großvater mit seinem müden Gesichtsausdruck, seinen trüben Augen und seinem schneckenartigen Gang.

Raul Saldana war einst energiegeladen und stark gewesen, ein Mann, der Häuser baute und Bäume fällte. Sie selbst erinnerte sich nicht an diese Zeit – bevor ein Emphysem und eine Herzkrankheit ihm die Kraft raubten –, aber überall im Apartment gab es Fotos, die davon zeugten. Sie zeigten ebenfalls ihre Großmutter in einem anderen Leben, in dem sie eine dunkeläugige Schönheit war, die Kamelien im Haar trug. Sie posierten in schicker Kleidung – ihr Großvater mit breitkrempigem Hut und besticktem Hemd, ihre Großmutter in einem weit ausgestellten Kleid mit Rüschen und Volants. Sie sahen aus wie die vitalsten Menschen der Welt, als würden sie für immer jung bleiben.

Für Lupe lebten sie unmittelbar neben den alten Menschen, zu denen ihre Großeltern geworden waren. An manchen Abenden konnte sie sie fast sehen, ihre erschöpften Pendants im matten Schein des Fernsehers überlagernd.

2

Als Jonathan einen Luftzug vom Treppenhaus spürte, wurde ihm klar, dass der Bote seine Tür nicht geschlossen hatte. Steif ging er hinüber, um sie zuzuschlagen. Unterwegs nahm er das streng riechende Limonen-Aftershave wahr, das Mr Antunucci, den Vermieter, ankündigte. Seit seiner Erblindung hatte Jonathan herausgefunden, dass jeder Mensch einen unverwechselbaren Geruch hatte, der ihm vorausging und ihn umgab wie eine Aura; manchmal erschienen ihm vor seinem geistigen Auge auch subtile Farben. Das hatte er noch nie jemandem erzählt. Mr Antunucci hatte nicht nur einen Zitrusgeruch an sich, sondern auch eine rosarote Wolke.

»Was soll dieser ganze Lärm nebenan?«

»Hallo, Mr Langley«, sagte Antunucci in einem Ton, der nahelegte, dass er sich schon seit Langem Mr Langleys Beschwerden anhören musste. »Ich habe den Leuten ein paar Haltegriffe über der Wanne angebracht.«

»Warum brauchen die Lees Haltegriffe?«

»Die Lees sind im letzten Monat ausgezogen; jetzt wohnt ein altes Ehepaar in der Wohnung. Die Saldanas.«

»Die müssen aber verdammt alt sein, wenn sie Haltegriffe brauchen.«

»Auch Sie werden eines Tages alt sein.«

Jonathan brummte: »Das bezweifle ich.«

»Sie bleiben nur für ein paar Monate. Einer von ihnen muss immer rüber ins Krankenhaus zur Therapie.«

»In diesen Saftladen? Sagen Sie ihnen, sie holen sich da eine schöne Staphylokokkeninfektion.«

»Versuchen Sie doch mal, freundlich zu sein.«

Ein alter Mann, der langsam ein Sauerstoff-Fahrgestell hinter sich herzog, tauchte aus dem Apartment auf.

»Morgen, Mr Saldana«, sagte Antunucci.

»Morgen«, konnte der alte Mann gerade noch sagen, bevor ihn ein hartnäckiger Hustenanfall packte. Hinter ihm im Apartment wurde Salsa-Musik laut aufgedreht.

Jonathan schüttelte den Kopf, während er in

sein Apartment zurückging. »Möge Gott mir beistehen.«

Antunucci murmelte: »Sie haben es nötig.«

Lupe, die sich im Apartment der Saldanas im Hintergrund gehalten hatte, glitt nun auf Rollschuhen hinaus und spähte auf das Namensschild an Jonathans Tür.

»Das ist Jonathan Langley, der unglücklichste Mensch der Welt«, sagte Mr Antunucci.

* * *

Jonathan war nicht immer ein mürrischer, blinder Mann gewesen, der Nachbarn und Boten beschimpfte. Es gab einmal eine Zeit, da war er das Stadtgespräch gewesen, ein erfolgreicher Künstler, Teil einer Clique attraktiver junger Männer mit Stil. Er hatte Ausstellungen in New York und Los Angeles und den Hauptstädten Europas gehabt. Sein Foto schien immer in der Lifestyle-Rubrik der *New York Times* zu sein – lächelnd auf dieser Party oder bei jener Eröffnung; stets elegant und gut aussehend, immer in vorderster Reihe. In der *LA Times* und der *Chicago Tribune* hatte es

Porträts von ihm gegeben; er war so daran gewöhnt, im Fernsehen interviewt zu werden, dass er schließlich überhaupt kein Lampenfieber mehr hatte.

Die Reproduktionen seines berühmtesten Gemäldes, *Der tanzende Vagabund*, hatten ihn reich und berühmt gemacht. Er hatte zwar versucht, sich nicht von der Aufmerksamkeit und der hohen Anerkennung verführen zu lassen, aber trotzdem, ging es ihm unter die Haut. Er gewöhnte sich daran und dann fand er, dass er es verdiente. Er gab das Geld genauso schnell aus, wie er es einnahm. Er kaufte sich einen silbernen Jaguar und ein Apartment an der Madison Avenue, taubengraue Kaschmirpullover und pelzgefütterte Mäntel.

Mit seinen Eltern und seiner Schwester war er zerstritten – zwischen ihnen waren Worte gefallen, die nicht mehr zurückgenommen werden konnten. Und da er sonst keine nahen Verwandte hatte, hatte er mit seinen Freunden und Künstlerkollegen eine Familie gebildet. Sie feierten Thanksgiving in Aspen und Weihnachten in der Karibik; sie flogen so oft nach Hawaii, dass Jonathan schließlich ein Haus in Maui kaufte, direkt am Strand, eines von dreien, die er auf der Höhe seines Reichtums und seiner Schaffenskraft besaß.

All das, so hatte er angenommen, würde ewig so weitergehen. Sein altes Geld würde neues Geld machen; seine Besitztümer würden sich vermehren, wie auch seine Freundschaften. Sein Aussehen könnte durch eine kleine Schönheitsoperation immer wieder verbessert werden.

Aber dann, in einem schicksalhaften Jahr, sollte sich alles ändern.

Schließlich fiel alles auseinander.

Seine Freunde wurden krank, und dann starb einer nach dem anderen an einem Virus, das niemand benennen oder verstehen konnte.

Es schien, dass seine Freunde in dem gleichen Tempo, in dem Jonathan sie malen konnte – diese gut aussehenden jungen Männer mit fein gemeißelten Wangen und dichtem hellem Haar –, fahl und gespensterhaft wurden. Sie gingen ins Krankenhaus und kamen nicht mehr heraus.

Statt auf Partys zu gehen, suchte er Bestattungsunternehmen auf, grässliche Orte, die nach Lilien rochen. Im Hintergrund stehend, beobachtete er, wie Familien aus anderen Gegenden – Kentucky und Mississippi – um ihre verlorenen Söhne trauerten, mit Klagelauten, die selbst den abgebrühtesten Leuten das Herz brechen würden.

Dies waren die Künstler, die in jungen Jahren von zu Hause weggegangen waren, um Sänger oder Schauspieler zu werden. Jetzt waren sie tot, und das galt auch für das Leben, von dem Jonathan geglaubt hatte, dass es ewig währen würde.

Dann wurde Jonathan selbst von einer degenerativen Krankheit befallen, die ihm innerhalb weniger Monate das Augenlicht raubte. Anfangs konnte er die Zeitung nicht mehr lesen, dann nicht mehr die Speisekarten in Restaurants.

Als Nächstes ertappte er sich dabei, dass er es vermied, zu malen, nicht weil ihm die Ideen ausgingen, vielmehr konnte er seine eigenen Linien kaum noch erkennen. Schließlich wurde seinem Agenten klar, dass von ihm nichts mehr zu erwarten war, und sobald diese Nachricht in der Kunstwelt die Runde machte, war es vorbei mit dem Rummel um seine Person.

Er war blind! Schlimmer als tot, seiner Meinung nach, besonders für einen bildenden Künstler. Er war auf einen Behindertenstatus reduziert und unsichtbar geworden. Über Nacht war er zu einem einsamen Mann in Mietunterkünften geworden, der in fast allen Aspekten seines Lebens Hilfe benötigte.

Die Verbitterung, die Jonathan in jener Zeit des Sterbens seiner Freunde zu überfluten begann, ging nie mehr zurück. Seitdem waren seine Worte voll ätzender Galle. Alles machte ihn zornig. Ungebetene Telefonanrufe, Fernsehwerbung, die Beschwerlichkeit, eine Pillendose zu öffnen.

In manchen Nächten im Bett musste er sich dazu zwingen, sich an das andere Leben zu erinnern, das er mal geführt hatte, da nur noch so wenige diese Zeit bezeugen konnten.

Wie hatte er hier landen können, in diesem lauten, drittklassigen Gebäude, bewohnt von illegalen Einwanderern und Drogenbossen? Er malte sich aus, was seine Freunde sagen würden, wenn sie ihn jetzt sehen könnten, darauf reduziert, Lieferanten zu bezahlen, die ihm billiges chinesisches Essen brachten.

Er konnte sich kaum noch dazu aufraffen, das Apartment zu verlassen, außer um auf dem Stuhl vor seiner Tür zu sitzen und seine kleinen importierten Zigarren zu rauchen – eine der wenigen Freuden, die ihm noch geblieben waren.

Sein Alltagsleben beschränkte sich auf das Bett, das Badezimmer, den Stuhl und die tägliche Zigarre. *Was hat ein solches Leben für einen Zweck*, fragte er sich.

Und was ihn am meisten beunruhigte, war, dass ihm darauf keine zufriedenstellende Antwort mehr einfiel.

* * *

Lupe schätzte sich glücklich, dass sie alte Leute mochte, denn mit ihnen verbrachte sie jetzt die meiste Zeit. Ihre Großeltern waren ihre beständigsten Gefährten. Mit ihrem Großvater spielte sie nach dem Abendessen Hearts, und den Geschichten ihrer Großmutter lauschte sie bis spät in die Nacht.

Sie kannte sie alle. Da gab es die Geschichte, wie sich ihre Großeltern beim Dorftanz kennengelernt hatten. Ihr Großvater war hereingekommen, völlig verstaubt nach einem langen Arbeitstag an einer Baustelle, und ihre Großmutter wollte sich erst mit ihm unterhalten, nachdem er nach Hause gegangen war, sich umgezogen und sich die Haare gewaschen hatte.

Es gab die Geschichte darüber, wie Lupes Mutter in der Steißlage geboren wurde, die Wehen hatten den ganzen Tag und die ganze Nacht angehalten und die Großmuter so fertiggemacht, dass sie den Priester rufen ließ und darum bat, in den Himmel zu kommen. Es gab Geschichten von Ehemännern, die herumstreunten, aber schließlich wieder heimkehrten; wenn sie es nicht taten, erhielten sie schreckliche Strafen (von Gott, wie ihre Großmutter sagte), indem sie ein Bein verloren oder ein Vermögen oder über Nacht eine Glatze bekamen.

Lupe konnte von diesen Geschichten nicht genug bekommen, von diesen Handlungen voller Drama und Ehre. In den Geschichten ihrer Großmutter siegte letzten Endes immer das Gute. Nie starb jemand, höchstens hinterher, im Off, nach der Geschichte. Lupe gefiel es, wenn die Geschichten mit einer erhebenden Moral endeten. Es gab ihr ein besseres Gefühl, und das wusste ihre Großmutter auch.

Die Freunde ihrer Großeltern waren *ihre* Freunde – die alte Mrs Gonzalez mit dem kastanienbraunen Haar, die an zwei Stöcken aus Apartment 102 herüberstakste, um ihnen frische Tortillas und Nachbarschaftsklatsch zu servieren; Mr Santana aus 109, der kürzlich seine Frau verloren hatte und zum Frühstück herüberkam, um still in seinen Milchkaffee zu weinen. Um diese Zeit vermisste er sie am meisten, sagte er. Ihre Großeltern pflegten eine Politik der offenen Tür, und oft war es Lupe, die diese Senioren hineingeleitete. Sie liebte ihr freimütiges Wesen und ihre runzeligen Gesichter und die Art, wie sie die Wahrheit sagten.

Aber das bedeutete nicht, dass sie sich nicht nach gleichaltrigen Freundinnen sehnte. Vor allem in der Schule, wo sie noch keine Clique gefunden hatte, die sie aufnehmen würde.

Die hispanischen Mädchen in ihrer Schule schienen älter zu sein als Lupe, die noch immer ein Plüschtier in ihrem Spind aufbewahrte und noch keinen BH trug. Diese Mädchen behandelten sie voller Verachtung, wenn sie überhaupt Notiz von ihr nahmen.

»Lupe ist noch ein Baby. Nicht wahr, Lupe?«, fragte eines der frechsten, ein Mädchen namens Rita, als Lupe an der Clique vorbeiging, die im Flur stand und Kaugummiblasen knallen ließ.

»Nein«, sagte Lupe einfach und versuchte, so schnell wie möglich an ihnen vorbeizukommen, damit ihnen nicht ihr abgenutztes Kleid auffiel, das ihre Großmutter zwar gewaschen und gebügelt hatte, aber ein kleines Loch im Rücken aufwies, oder ihre altmodischen, in einem Secondhandladen erstandenen Schuhe.

Aber Lupe war von den stolzen, hellhaarigen Mädchen fasziniert, die an ihrer Schule in der Überzahl waren, wohlhabende Töchter der hiesigen Ärzte und Zahnärzte, die für sie wie Prinzessinnen aussahen.

Diese Mädchen hatten Mütter, die genauso schön waren wie sie und die ihre Geländewagen bis hin zum Bordstein fuhren, wo sie ihre Töchter in Wolken wohlriechenden Anspruchsdenkens entließen. Eine von ihnen, sie hieß Brie, war so ätherisch, so selbstsicher und so schön, dass Lupe nicht anders konnte, als sich vorzustellen, mit ihr befreundet zu sein. Brie war der Inbegriff gesellschaftlichen Erfolgs. In der Cafeteria hielten die Mädchen ihr einen Platz am oberen Ende eines bestimmten Tisches frei. Sie gab den Stil der coolen Klamotten des Jahres vor – in diesem Jahr waren es kurze schwarze Röcke mit Rüschen und enge bauchfreie T-Shirts – sowie die Kinofilme, Bücher und Fernsehshows, die favorisiert wurden. Sie sah nie müde oder entmutigt aus. Ihr ovales Gesicht war immer leicht gerötet, und ihre blauen Augen wurden mit Make-up ganz dezent betont. Lupe hatte bei Brie niemals peinliche Pickel im Gesicht gesehen, so, wie es bei ihr manchmal der Fall war.

Eines Nachmittags nahm Lupe ihren ganzen Mut zusammen und sagte zu Brie: »Mir gefällt die Farbe deiner Bluse.« Es war ein Hellblau, das Lupe an den Himmel über ihrem Dorf in Mexiko erinnerte. Aber Brie bedachte sie mit einem Blick, als hätte sie gerade das Allerblödeste gesagt.

Lupe fühlte sich gedemütigt, aber es gelang ihr, ihre Tränen zurückzuhalten.

Sie erinnerte sich gerade noch daran, was ihre Großmutter ihr über die Widrigkeiten des Lebens und die Macht des positiven Denkens gesagt hatte. Sie nahm einen anderen Gesichtsausdruck an und schenkte Brie ein Lächeln, ungeachtet des finsteren und skeptischen Blicks des Mädchens.

»Worüber *lächelt* sie denn?«, fragte Brie eine Freundin, die neben ihr stand. Dann stolzierten sie lachend davon.

3

Eines Tages nach der Schule sauste Lupe auf ihrem Fahrrad den Berg hinunter, und der Wind fächerte ihre Haare hinter ihr auf. Mit über 30 Grad war es brütend heiß und feucht, aber Lupe summte ein Lied, das der Wind mit sich riss.

Sie stellte ihr Fahrrad vor einem massiven Backsteinbau ab, der eine der örtlichen Bibliotheken beherbergte. Sie betrat den Computerraum, setzte sich vor einen Monitor und tippte Jonathans Namen ein. Sie konnte es nicht fassen, als eine jüngere Version seines Gesichts auf dem Bildschirm auftauchte. Er war es, aber da sah er glücklicher aus, mit dunkleren Haaren, einem volleren Gesicht und einem Lachen, das seine Augen in Falten legte. Es gab seitenlanges Material über seine Kunst und sein Leben. Fasziniert verschlang Lupe alles.

»Als Maler gefeiert, ist Jonathan Langley ebenfalls ein meisterhafter Grafiker, der im Laufe von über zwanzig Jahren die Grenzen der traditionellen Drucktechnik auf außergewöhnliche Weisen überschritten hat. Berühmt für seine gesättigten Farben, seinen kühnen Stil und seine realistischen Darstellungen, ist Langley vor allem durch sein Bild *Der tanzende Vagabund* bekannt, das sich seit seinem Erscheinen als Kunstdruck bestens verkauft.«

Lupe klickte auf die verkleinerte Darstellung des Bildes, um es sich in Originalgröße anzusehen. Es zeigte einen Obdachlosen auf einsamer, nächtlicher Straße. Er war langgliedrig wie Jonathan und hatte sein kantiges Gesicht und seine vollen Lippen. Der Mann hob einen Arm in die Luft wie ein Tänzer. Das Gemälde war wunderschön und stimmungsvoll.

Lupe klickte weiter und las: »Tragischerweise zwang eine degenerative Krankheit Langley in den Vierzigern, seine außerordentliche künstlerische Arbeit aufzugeben. Inzwischen völlig erblindet … lebt er irgendwo in der San Francisco Bay Area … Seit dem Ausbruch seiner Krankheit hat er kein neues Werk mehr geschaffen.«

Jemand hustete ostentativ hinter ihr. Lupe drehte sich um und blickte auf Brie, die mit äußerst ungeduldigem Gesichtsausdruck dastand. Sie trug heute ihren schwarzen Rock und ein knappes Top zusammen mit einer mehrsträngigen glänzenden Halskette. »Würdest du mir bitte sagen, wie lange du noch brauchst? Ich muss einen Aufsatz für Sozialkunde schreiben.«

Lupe sah sich um; alle Computerplätze waren von Leuten belegt, die bereits gearbeitet hatten, bevor sie gekommen war. Warum sprach Brie sie nicht an? Aber sie schüttelte den Kopf, um den Gedanken zu vertreiben, und lächelte stattdessen Brie an.

»Ich mach das schnell zu Ende – ich bin fast fertig. Weil du es bist.«

Sie druckte den Artikel über Jonathan aus und packte hastig ihre Bücher zusammen, damit Brie ihren Platz einnehmen konnte. Brie setzte sich, ohne ein Dankeschön zu sagen oder sie noch eines Blickes zu würdigen.

Lupe zögerte einen Moment, so als würde sie erwarten, dass doch noch etwas kommen würde, aber alles, was Brie zu bieten hatte, war eine schnelle, ruckartige Bewegung ihrer langen goldblonden Haare.

Lupe blieb hinter ihr stehen und sah zu, wie sie sich bei Facebook einloggte. Als Brie bemerkte, dass Lupe noch hinter ihr stand, warf sie ihr ein süffisantes Lächeln zu.

* * *

Als Lupe zu Hause ankam, traf sie Jonathan an, der auf einem Stuhl draußen vor seiner Wohnungstür saß und eine kleine Zigarre rauchte.

»Wer ist da?«

Lupe schwieg einen Augenblick und betrachtete ihn, als würde sie ihn mit dem Bild vergleichen, das sie sich früher am Tag angesehen hatte.

»Sie sollten nicht rauchen«, sagte sie.

»Wer sagt das?«

»Lupe.«

»Nun, Lupe, kümmere dich um deine Angelegenheiten«, sagte er und blies ihr einen dunklen Ring direkt ins Gesicht.

»Die Luft gehört allen«, sagte Lupe ernst.

»Oh, verschone mich. Was machst du hier eigentlich? Wohnst du hier? Ich glaube, du bist mir vorher schon mal aufgefallen. Benutzt du ein Parfüm, das nach Rosen riecht?«

»Nein!«, antwortete Lupe, als wäre sie beleidigt worden. »Ich benutze überhaupt kein Parfüm.«

»Vielleicht ist es Shampoo. Oder vielleicht bist du es einfach.« Er sagte nicht, dass er ebenfalls ein silbern getöntes Licht sah, wenn er diesen Duft in der Luft wahrnahm.

»Ich wohne bei meinen Großeltern«, informierte Lupe ihn. »Sie leben gleich neben Ihnen.«

Jonathan nahm einen tiefen Zug an seiner Zigarre. »Das muss ja faszinierend sein. Machst du eine Krankenschwesterausbildung?«

»Krankenschwester?«

»Vergiss es.« Er tippte seine Zigarre auf einen Aschenbecher. »Und nebenbei bemerkt, ich weiß nicht, was für eine Scheiße deine Großmutter gestern gekocht hat, aber es hat den ganzen Abend in meinem Apartment gestunken.«

Leise sang Lupe ein kleines Lied.

»Was soll das?«

»Meine Großmutter sagt, ich soll das Lied immer dann singen, wenn jemand einen Fluch ausspricht.«

Jonathan lachte barsch. »*Scheiße* ist kein Fluchwort. Wenn du Fluchwörter hören willst …«

Lupe sang schnell wieder das Lied.

»Hör auf!«

»Was ist das denn für eine ekelhafte Zigarre?«

»Eine ziemlich teure.«

»Hören Sie bitte auf mit dem Rauchen. Mein Großvater ist davon krank geworden.«

»Das ist sein Problem.«

»Aber Rauchen wäre auch nicht gut für unsere Freundschaft.«

»Freundschaft?« Er lachte. »Wie alt bist du überhaupt?«

»Elf.«

»Nun, dann bist du etwas zu jung für mich, meine Liebe.«

»Wie alt sind Sie?«

»Zweihundertundzwölf.«

»In einem so hohen Alter sollte man nicht mehr rauchen. Aber ich helfe Ihnen, weil wir Freunde sind.«

Lupe nahm Jonathan in aller Seelenruhe die Zigarre aus der Hand und ging damit zur Treppe.

»Hey! Was machst du? Gib sie wieder her!«

Er griff um sich, bekam aber nur Luft zu fassen. »Ich bin blind – ich kann dich nicht sehen.«

»Ich weiß«, sagte Lupe, während sie die Treppe hinunterging.

»Du kleines Biest! Du kommst sofort wieder hier rauf!«

»Es ist in Ordnung. Sie können schreien, so viel Sie wollen. Wir werden trotzdem Freunde sein. Ich stelle mir viel Gutes für Sie vor.«

»Wovon redest du?«

»Verabschieden Sie sich von der ekelhaften Zigarre.«

»Du kleines Dreckstück, wovon redest du?«

Aber Lupe war unten, sang leise ihr Lied und trug die Zigarre ein ganzes Stück weit weg, bis sie sie schließlich austrat.

* * *

Lupes Großmutter war ihre spezielle Vertraute und Ratgeberin, sie war es, die sie führte und inspirierte. Sie hatte für alle Probleme des Lebens einen Ratschlag, von denen die meisten mit einer entsprechenden persönlichen Geschichte verbunden waren.

Einmal hatte ein Mädchen in der Schule Lupe

beschimpft und verspottet. Daraufhin erzählte ihre Großmutter ihr die Geschichte von einem Jungen, der immer beschimpft und verspottet worden war und später als Erwachsener ein erfolgreicher Anwalt wurde, der überaus kompetent darin war, für Angeklagte zu kämpfen, die nicht für sich selbst eintreten konnten.

Einmal, als Lupe in eine Prügelei geriet, weil ein Junge versuchte, ihr ihren Geldbeutel wegzunehmen, brachte ihre Großmutter ihr eine Handgelenksdrehtechnik bei, und beim nächsten Mal ließ er ihren Geldbeutel mit einem schmerzerfüllten und überraschten Aufschrei fallen.

»Diese Technik ist auch hilfreich, wenn du schnell verschwinden willst«, erklärte ihre Großmutter.

Offensichtlich gab es nichts, was einem jemals widerfahren war, womit ihre Großmutter sich nicht auskannte.

Sie brachte Lupe Lieder bei, die sie immer singen sollte, wenn sie auf Negativität traf, eine Kraft, die sie für mächtig und ansteckend hielt, eine Kraft, die sofort bekämpft werden musste, sodass es ihr nicht möglich war, in die Seele eines

Menschen einzudringen. Und das war Lupes Lieblingslied:

Tief im Zentrum meines Seins befindet sich
eine unbegrenzte Quelle der Liebe.
Ich lasse diese Liebe jetzt an die Oberfläche
fließen.
Sie erfüllt mein Herz, meinen Körper, meinen
Geist, mein Bewusstsein, mein bloßes Sein
und strahlt dann von mir in alle Richtungen
aus und kehrt vervielfacht zu mir zurück.
Je mehr Liebe ich gebe, je mehr ich von ihr
Gebrauch mache, desto mehr habe ich zu geben;
der Vorrat ist unerschöpflich.

Lupe hatte dieses Lied schon so oft gesungen, dass sie es auswendig kannte.

»Denke immer daran, in deinem Geist ist ein Auge, und wenn du es benutzt, um zu sehen, was du dir wünschst, wirst du es in dein Leben bringen«, lehrte die Großmutter Lupe. »Den Worten, die du verwendest, wohnt eine große Macht inne. Benutze niemals negative oder Schimpfwörter, nur positive Wörter voller Licht.«

»Spanische oder englische Wörter?«, fragte Lupe.

Ihre Großmutter lachte und legte ihre Arme um sie. »Das spielt keine Rolle, meine kleine Petunie. Alle Wörter, egal in welcher Sprache. Achte einfach darauf, dass sie positiv sind, in deinem Mund und in deinem Geist. Stell dir dein Leben so vor, wie du es gern haben möchtest; stell dir das Leben der Menschen, die du liebst, voller Wohltaten und Licht vor. Das ist das Geheimnis des Lebens … etwas, was eigentlich jeder weiß, aber die meisten haben es vergessen.«

Ihre Großmutter roch nach Schweiß und Talkumpuder. Immer wenn Lupe nachts Angst bekam, schlang sie die Arme um den Hals ihrer Großmutter und drückte sie ganz fest.

4

Schon wieder war es ein heißer, schwüler Tag. Lupe saß mit einem Krug Limonade unter einem Regenschirm, vor ihr war ein Schild aufgestellt, auf dem stand: BESTE LIMONADE DER STADT. Sie war mit dem Fahrrad den ganzen Weg zur Shop Town gefahren, obwohl ihre Großmutter ihr gesagt hatte, dass sie armen Leuten viel zu viel berechneten. Sie hatte Zitronen, eine Pfundtüte Zucker und gefiltertes Wasser gekauft. Sie hatte in der Küche gestanden, während ihre Großmutter ihr Ratschläge gegeben hatte, wie man die beste Limonade herstellt.

»Daheim trinken wir *agua de limón* bei Zimmertemperatur, aber hier in Amerika mögen die Leute alles kalt. Du musst viele Eiswürfel hineingeben, und das immer wieder, sonst wird sie keiner kaufen.«

Nach einer halben Stunde waren in dem Glas neben Lupe nur ein paar Vierteldollarmünzen.

Sie lächelte einen Geschäftsmann an, der finster in sein Handy blickend vorbeihastete; er sah nicht einmal in ihre Richtung. Ebenso wenig die anderen, die nach ihm kamen – ein joggender Teenager, eine Frau mit Bluetooth-Headset, die mit sich selbst zu streiten schien, eine Frau mittleren Alters in einem engen weißen Kleid.

Ein Geländewagen voller High-School-Schüler hielt in der Nähe an der Ampel, und einer von ihnen sah verächtlich zu Lupe hinüber.

»Hey, *Chiquita*!«, rief ein anderer, als würde er einen Fluch aussprechen.

Die Sonne wanderte weiter, der Tag zog sich hin.

Lupes Großmutter beobachtete sie vom oberen Fenster aus – sie wollte gerade etwas hinunterrufen, aber dann überlegte sie es sich anders.

Der Schweiß stand Lupe in dicken Tropfen auf der Stirn und rann ihr in Strömen übers Gesicht, aber trotzdem hörte sie nicht auf zu lächeln. Auf einem anderen Schild, das auf dem Tisch lag und von ihrem Arm bedeckt wurde, stand: FÜR EINEN GUTEN ZWECK.

Lupe schloss die Augen und murmelte: »*Ich ziehe nur liebevolle Menschen in meine Welt, denn sie sind ein Spiegel dessen, was ich bin.*«

Sie riss die Augen auf und sah sich um; jetzt war der Bürgersteig fast leer – nur ein schwarzer Hund hielt für einen Augenblick an, um an ihrem Schuh zu schnüffeln, und trabte dann lustlos weiter.

Gerade als Lupe überlegte, für heute aufzuhören, kamen die Kunden auf einmal in Scharen. Eine große Familie, eingepfercht in einem aufgeheizten Wagen, hielt an und bestellte für jeden ein Glas.

»Unsere Klimaanlage ist gerade kaputtgegangen«, erklärte der Vater.

Mehrere Jungen hielten auf ihren Fahrrädern an wie auch eine Gruppe von Kindern, die vorbeigeschlendert kamen, erhitzt und durstig, und Fünf- und Zehncentstücke aus ihren Taschen kramten.

Als Lupe die Limonade ausging, stand die Sonne tief am Himmel und ihr Geldglas war fast voll.

* * *

Lupe stieg mit dem Schild und dem zusammengelegten Tisch die Treppe zum zweiten Stock hoch, wo sie auf Jonathan traf. Er saß mit einer fast zu Ende gerauchten Zigarre vor seiner Tür.

»Da bin ich wieder, Mr Jonathan.«

Er sprang auf. »Mein Gott, schleich dich nicht so an mich heran.« Er zog seine Zigarre dicht an seine Brust. »Und denk nicht mal daran, sie mir wegzunehmen.«

»Werde ich nicht.«

»Ich bin sowieso fertig.« Er drückte sie in einem Blumentopf aus.

»Sehen Sie? Sie rauchen nicht mehr, so, wie ich gesagt habe.«

»Das denkst du dir wohl, du kleines …« Er unterbrach sich selbst, bevor Lupe reagieren konnte. »Und dieses dumme Lied will ich nicht noch einmal hören.«

»Und Sie fluchen auch nicht mehr so viel!«

»Du bist eine Nervensäge, weißt du das? Und eine Plage. Ich werde mich bei deinen Großeltern beschweren. Wie ist ihr Name?«

»Juana und Raul Saldana. S-A-L-D-A-N-A.«

»Ist ja ein furchtbarer Name. Zu viele A.«

Lupe ging darauf nicht ein und zog einen Beutel mit Münzen hervor. »Ich habe heute Limonade verkauft und 28 Dollar und 25 Cent eingenommen.«

»Nur mit dem Verkauf von Limonade?«

»Na ja, da ist auch Trinkgeld dabei.«

Sie trat näher an ihn heran, als wollte sie ihm ein Geheimnis anvertrauen. »Ich brauche nämlich Geld für etwas ganz Besonderes. Meine *Quinceañera.*«

Jonathan schnitt eine Grimasse. »Was soll das sein? So was wie eine Fressorgie?«

»Nein, es ist ein bedeutendes Fest, wenn ich fünfzehn werde, das heißt, dass ich eine Frau bin. Eine Band bringt einem ein Ständchen und so, und ich werde ein Ballkleid und einen Blumenstrauß tragen.«

»Hast du nicht gesagt, du wärst erst elf?«

»Habe ich, aber ich bin fast zwölf. Und ich muss sofort anfangen zu sparen, denn ich will das hübscheste Kleid haben. Ich nehme Nebenjobs an. Vielleicht kann ich auch etwas für Sie tun.«

»Was tun, mich ärgern? Aber das machst du doch schon umsonst.«

»Spaß beiseite«, sagte Lupe mit ernstem Blick. »Sie brauchen bestimmt Hilfe.«

Jonathan zuckte zusammen, als hätten ihn diese Worte durchbohrt.

»Manche Blinde haben Hunde«, sagte sie.

»Willst du etwa den Blindenhund für mich spielen?«

»Nein, ich möchte Ihre Blinden-Lupe sein.«

»Ich brauche deine Hilfe nicht.«

»Ich habe Ihnen schon geholfen. Heute Morgen habe ich Ihre Glühbirne ausgetauscht und ein Paket hereingebracht, das draußen stand, und gestern habe ich Ihre Post und Ihre Zeitung geholt.«

Jonathan entgegnete: »Das hättest du nicht tun müssen.«

»Ich weiß, aber ich wollte es.« Sie ging zu ihrer Apartmenttür und öffnete sie. »Ich will Sie glücklich sehen.« Sie schloss die Tür hinter sich.

Jonathan blieb auf seinem Stuhl sitzen. »Glücklich?« Er schüttelte den Kopf, und ein schmerzerfüllter Ausdruck zog sich über sein Gesicht.

* * *

Lupe hatte einen von Jonathans Tagträumen unterbrochen, das Wiedererleben einer Reise, die er und sein Partner Georgie nach Venedig zu dessen fünfundzwanzigstem Geburtstag unternommen hatten. Es war eine einmalige Reise gewesen, eine ihrer ersten gemeinsamen, auf der er das ausgesprochene Vergnügen hatte, Georgie, einen Jungen aus Indiana, mit einem Ort bekannt zu machen, der für ihn eines der Weltwunder war.

Sie studierten die Kunstwerke im Dogenpalast, tranken Wein auf dem Markusplatz und lasen sich aus dem *Kaufmann von Venedig* vor, während sie in einer Gondel durch die ruhigen Kanäle glitten.

Jonathan glaubte, Georgie würde ohnmächtig werden, als er zum ersten Mal den Canal Grande erblickte.

»Weißt du, wie alt er ist?« Sein Gesicht war vor Aufregung ganz rosig, sein gelbbraunes Haar flatterte ihm in die Augen.

Im Mittleren Westen geboren, war er abgesehen von Kalifornien nie irgendwohin gereist. Jonathan hatte ihm alles beigebracht, was er wusste, ihn gelehrt, welchen Wein man zum Abendessen wählt, wie man *Rilke* ausspricht und wie sich Chopin anhört im Vergleich zu Mozart.

Die Weise, wie Georgie das alles zu würdigen wusste, war befriedigend.

»Ohne dich würde ich gar nichts wissen!«, sagte er oft, während er sich bewundernd Jonathan zuwandte, seine hellen Augen voller Achtung und Liebe.

Er war wirklich der bezauberndste junge Mann, den Jonathan je kennengelernt hatte. Manchmal konnte er sein Glück gar nicht fassen.

Trotzdem hatte Jonathan gerade auf dieser Reise das flüchtige Gefühl gehabt, dass diese Beziehung möglicherweise nicht für immer halten würde. In Anbetracht der Tatsache, dass Georgie zwanzig Jahre jünger war als er – würde er sich nicht schließlich langweilen und sich einen jüngeren, einen schöneren Partner suchen? Der Gedanke, dass Georgie vor ihm sterben könnte, war ihm nie in den Sinn gekommen; trotzdem wartete seine pessimistische Seite stets nahezu auf die nächste Hiobsbotschaft.

Das war das Vermächtnis seiner Mutter, die Jonathan als die negativste Frau der Welt bezeichnete. Belle Langley war eine Frau, die zur falschen Zeit am falschen Ort geboren worden war, soweit es ihn betraf. Eine smarte Frau, die nie das College besucht hatte, und dann saß sie in einem einstöckigen Haus irgendwo in der Vorstadt fest, zu Tode gelangweilt mit zwei Kindern, die sich weigerten, sich an ihre Vorstellung von Normalität zu halten. Da gab es zum einen Jonathan mit seinen überaus peniblen Ansprüchen, seinem Abscheu vor Sport und seiner Liebe für Design und Stoffe. Und zum anderen gab es seine Schwester Carla mit ihrem frühreifen Körper, die zu rebellieren anfing, sobald sie dazu imstande war. Während Jonathan zu Hause blieb und sich mit der Nähmaschine beschäftigte, war Carla jede Nacht unterwegs und schlief mit jedem Jungen, den sie verführen konnte. Einmal hatte er einen Stenoblock gefunden, in dem sie ihre Eroberungen mit Anmerkungen festhielt, bei Nummer einundvierzig hatte er aufgehört zu lesen.

Belle nahm die Promiskuität ihrer Tochter sehr persönlich, empfand sie als eine Anklage gegen ihre Kindererziehung und als einen Schlag ins Gesicht ihrer katholischen Moralvorstellungen. Es gab regelrechte Brüllduelle, die in ihrem Ausmaß und ihrer Lautstärke schrecklich peinlich waren. Einmal führte das Geschrei sogar dazu, dass ein Polizist vor ihrer Tür stand.

Ihr Vater, Henry, war anders – toleranter, weichherziger und versöhnlicher –, aber er steckte in seinem eigenen Gefängnis in dem Immobilienbüro, wo er sich abschuftete in dem Versuch, genug Geld zu verdienen, um dieses ruchlose Ensemble durchzubringen.

Währenddessen saß Jonathan an der Nähmaschine oder zeichnete auf der Rückseite von Tapetenrollen und verknallte sich hintereinander in seinen Lehrer im Werkunterricht, den Briefträger und den Verkäufer bei 7-Eleven. Er konnte es kaum erwarten, von zu Hause auszuziehen, und seine Mutter tat auch nicht so, als ob sie ihn vermissen würde. Seine unmännliche Seite fand sie beschämend.

»Ich brauche nicht noch mehr Scheibengardinen. Warum spielst du nicht Ball? Geh raus und mach dich schmutzig, um Gottes willen.«

In seinem letzten Jahr auf der High School unterstützte sie seine vorzeitige Aufnahme aufs College. Es gab eine spektakuläre Auseinandersetzung, als sie unter seinem Bett verfängliche

Zeitschriften fand, aber dies war das einzige Mal, dass seine sexuellen Vorlieben erwähnt wurden. Doch das war schlimm genug gewesen. »Du bist eine kleine Missgeburt – das habe ich ja schon immer gewusst. Es ist demütigend, deine Mutter zu sein!«

»Nicht so demütigend, wie dein Sohn zu sein«, erwiderte Jonathan und knallte ihr die Tür vor der Nase zu.

Trotzdem hatte er es nie ganz geschafft, sich von seiner Mutter zu lösen. Manchmal hörte er sogar ihre Stimme, die aus seinem Mund sprach. Wenn er jemanden herabsetzte oder eine scharfzüngige oder beißende Bemerkung fallen ließ, war sie wieder da. Belle … warum hatte er geglaubt, dass er sich jemals von ihr befreien könnte?

Er hatte sich nach ihrem Streit geschworen, sie nie mehr anzurufen, und das hatte er auch nicht. Einmal hatte er es in Erwägung gezogen, nachdem er blind geworden war und fast jeden Menschen in seinem Leben verloren hatte. Aber er hatte es sich dann doch anders überlegt. Wenn er sich schon nicht gemeldet hatte, als er glücklich war, warum sollte er es jetzt tun, nun, wo er traurig war und es ihm schlecht ging? Und es gab keine Möglichkeit, an seinen Vater heranzukommen, ohne sie außen vor zu lassen. Im Laufe der Jahre gab es ein paar kurze Telefonate, wenn eine Tante oder ein Cousin gestorben war, aber ansonsten waren sie fast Fremde.

Was seine Schwester betraf, war die letzte Neuigkeit, die er gehört hatte, dass sie in Seattle lebte und irgendetwas mit einem Biobauernhof zu tun hatte. Das konnte er sich zwar kaum vorstellen, aber es hörte sich auf jeden Fall besser an als ihre früheren Aktivitäten. Offen gestanden, hatte sie ihn eigentlich immer gelangweilt.

So viel zu seiner Familie.

Irgendwie war er schon froh, dass Lupe seinen Tagtraum unterbrochen hatte.

5

Später in dieser Woche war Lupe wieder in Jonathans Apartment. Diesmal staubte sie Nippsachen ab, während er an seinem Schreibtisch saß und Kunstdrucke signierte. Sie fand sein Apartment faszinierend – die vielen Regale voller Bücher, die Kunstgegenstände und eine Menge Bilder, von denen viele mit Stoff verhüllt waren.

Sie kam nur langsam voran, weil sie sich jeden Gegenstand genau ansehen musste und es sich nicht verkneifen konnte, Jonathan wegen vieler von ihnen Fragen zu stellen.

»Dieses Ei, ist es aus purem Marmor?«

»Ich bezahle dich fürs Staubputzen.«

»Sagen Sie es mir einfach.«

»Ja. Ich habe es in Griechenland gekauft.«

»Griechenland«, wiederholte Lupe in einem Ton, der vermuten ließ, dass sie sich nicht sicher war, wo das lag.

»Ja, Griechenland, die Wiege der Zivilisation. Früher war ich oft auf Ägina, einer kleinen Insel im Mittelmeer, südwestlich von Athen. Was lernst du denn nur in Geografie? Wie man nach L.A. kommt?«

»Geografie haben wir nicht«, erwiderte sie.

»Im Ernst?«

»Und diese nackte Frau ohne Arme?«

»Das ist die *Venus von Milo*, eine der berühmtesten Statuen der Welt.«

Lupe betrachtete sie schweigend.

»Ich mag diese eine mit den Flügeln, die nach hinten gehen.«

»Das ist die *Nike von Samothrake*«, sagte Jonathan, während er weiter signierte. »In dem Regal ganz dort hinten steht ein Buch über die Welt der Kunst. Warum nimmst du es nicht mit nach Hause und siehst es dir da an, wenn dich das so interessiert? Aber erledige erst den verdammten Job, für den ich dich bezahle. Und kein Lied!«

»Wirklich? Das erlauben Sie mir?«

»Was sollen mir Bücher denn jetzt schon noch nützen?«

Lupe fand das Buch und hielt es einen Augenblick zögernd in den Händen.

Er hob den Kopf, als ob er versuchen würde zu erkennen, wo sie war. »Lupe?«

»Ja?«

»Glaubst du, du kannst diese Druckaufträge für mich erledigen? Etwa alle zwei Wochen kommt so ein Stapel Drucke zum Unterzeichnen und die sind manchmal groß und entsprechend schwer.«

»Das krieg ich hin. Ich bin stark.«

»Wann hast du Zeit?«

»Ich geh zur Schule.«

»Kannst du sie nicht abbrechen? Das hier ist wichtiger.«

Lupe lachte. »Ich kann sofort nach der Schule kommen, versprochen.«

»In welche Schule gehst du?«

»In die St. Teresa's.«

»Sind da Nonnen?«

»Hm, hm.«

»Ich finde Nonnen schrecklich.«

»Ich nicht. Sie sind nett.«

»Du findest die nett? Na, darüber reden wir noch.«

Ein paar Minuten später war Lupe mit dem Staubwischen fertig, und Jonathan gab ihr Geld.

»Geh und lies dein Buch.«

* * *

Als Lupe am nächsten Tag die Apartmenttür öffnete, hörte sie Jonathan ins Telefon brüllen.

Leise trat sie ein.

Jonathan trug einen Bademantel und ging wütend auf und ab, in einer Hand eine nicht angezündete Zigarre. »Eine Einigung kommt nicht infrage. Meine Arbeit *darf nicht* ohne meine Erlaubnis benutzt werden. Auf keinen Fall!«

Lupe ging ins Bad und fing dort an zu putzen.

»Nun, zur Hölle damit, ich sage Nein!«

Während Lupe das Waschbecken reinigte, summte sie eines ihrer Lieder. Plötzlich wurde ihre Hand langsamer. Sie ging ins Wohnzimmer, wo Jonathan seine Tirade fortsetzte.

»Es ist mir egal, ob es ein Krankenhaus ist! Sie stellen ihre Leistungen in Rechnung; ich stelle meine in Rechnung!«

Lupe stieß Jonathan leicht an. »Haben Sie Klebezettel?«, flüsterte sie.

Verärgert über ihre Unterbrechung, bedeckte er die Hörmuschel. »Drüben auf dem Schreibtisch. Unterbrich mich nicht noch mal. Und bring nichts durcheinander. Ich finde mich dann nicht mehr zurecht!«

Lupe nahm sich die Klebezettel vom Schreibtisch und schrieb auf Spanisch: *»Nur Gutes liegt vor mir.«* Sie heftete ihn an die Wand. Dann beschrieb sie noch mehr Zettel. Schließlich ging sie zurück und befestigte einen Zettel mitten auf Jonathans Badezimmerspiegel. Sie trat zurück und betrachtete sich, strich ihr widerspenstiges Haar glatt und schaute sich angestrengt in die Augen.

Jonathan, der das Gespräch beendet hatte, brummelte noch vor sich hin.

»Mr Jonathan?«

»Was ist?«

»Ich weiß, dass Sie blind sind, aber haben Sie irgendeine Vorstellung, wie ich aussehe?«

Er drehte sich kurz in ihre Richtung.

»Warum fragst du?«

Sie wurde rot. »Ich habe mir nur Gedanken gemacht. Meine Großmutter sagt, ich sei hübsch, aber sie ist die Einzige. Die Mädchen in der Schule behandeln mich nicht so gut, sie sind oft gemein zu mir. Darum dachte ich, es liegt vielleicht daran, dass ich hässlich bin.«

»Du bist nicht hässlich. Das kann ich dir versichern.«

»Woher wollen Sie das wissen?«

»Das weiß ich einfach. Du hast eine Aura um dich. Und die ist nicht hässlich.«

»Aura? Ich glaube, meine Großmutter hat dieses Wort auch schon mal benutzt.«

»Ja, das glaube ich dir gern. Komm mal her, lass mich mal sehen.«

Lupe ging schnurstracks auf ihn zu und ließ ihn mit seinen langen Fingern über die Konturen ihres Gesichts fahren. »Ich war früher auch Bildhauer, ich kenne mich mit Gesichtern also sehr gut aus.« Er bewegte seine Finger weiter und hörte oben an ihrer Stirn auf. »Weißt du, ein Gesicht sollte horizontal in drei gleich große Bereiche geteilt sein. Leonardo da Vinci wusste das, und auch schon die altgriechischen Mathematiker. Dein Gesicht ist genau so, es hat perfekte klassische Proportionen. Mit anderen Worten, du bist hübsch, Lupe. Lass dir von niemandem etwas anderes erzählen.«

Lupe sah zu ihm auf, als würde sie gleich anfangen zu weinen.

»Danke. Ich gehe jetzt.«

Sie ging aus dem Zimmer, und als sie die Tür schloss, hörte Jonathan sie ausrufen: »Klassisch!«

* * *

Später in dieser Woche hatte Lupe mit einer Gruppe der beliebten Mädchen der Schule Chorprobe in der Aula.

Als eine Nonne sie zu dem Lied »How Great Thou Art« anleitete, hob sich Lupes Sopranstimme klar und kräftig hervor.

Dies rief bei den beliebten Mädchen allgemeine Belustigung hervor, vor allem bei Brie, die die Augen verdrehte. Lupe stand allein auf einer Tribünenstufe, während sich die anderen Mädchen um Brie scharten, die eindeutig das Alphaweibchen in der Gruppe und dafür verantwortlich war, dass Lupe gemieden wurde.

Nach dem ersten Lied klopfte die Nonne mit ihrem Taktstock.

»Mädchen, rückt näher zusammen. Warum steht ihr so getrennt da? Alle Sopranstimmen in eine Gruppe. Also los.«

Die beliebten Mädchen sahen zu Brie, die den Blick senkte, während sie sich widerstrebend auf den Stufen verteilten.

Lupe ließ sich nichts anmerken. Sie behielt ein liebenswürdiges Lächeln auf dem Gesicht und murmelte, damit niemand sie hören konnte: *»Ich liebe mich selbst; daher ist mein Verhalten und mein Denken gegenüber allen Menschen liebevoll, denn ich weiß, dass alles, was ich gebe, vervielfacht zu mir zurückkommt.«*

* * *

An diesem Nachmittag war Lupe wieder in Jonathans Apartment. Sie räumte die Lebensmittel weg, die sie gekauft hatte, während Jonathan am Fenster stand.

»Mr Jonathan?«

»Ja?«

»Da gibt es etwas, was ich mich schon die ganze Zeit frage.«

»Was denn?«

»Warum haben Sie denn alle Bilder an den Wänden verhüllt?«

Bei dieser Frage verfinsterte sich Jonathans Miene. »Wenn du das nächste Mal einkaufen gehst, bringst du Klebeband für deinen Mund mit, damit du nicht immer so neugierige Fragen stellst.«

»Okay.«

Jonathan seufzte. »Ich kann sie sowieso nicht sehen, und ich will nicht, dass sie durch den Zigarrenrauch und das Sonnenlicht versaut werden.«

»Das hört sich nicht nach guten Gründen an«, meinte Lupe. Sie ging zu Jonathans Schreibtisch, wo ein besonders großes verhülltes Bild hing. »Abgesehen davon rauchen Sie hier nicht einmal.«

»Warum kümmerst du dich nicht um deinen Kram?«, begann Jonathan, während er auf sie zuging. Als er erkannte, wo sie war, stutzte er und blieb einen langen Augenblick stehen. »Das Bild, das über meinem Schreibtisch hängt«, sagte er, »auf dem ist mein Hund Beau. Er war der klügste, treueste …«

»Er *war*? Ist er tot?«

»Ja. Er ist fort.«

»Und wer ist auf dem Bild daneben, am Fenster?«

»Das sind meine Eltern.«

»Fort?«

»Ja, fort, aber nicht tot. Sie leben in Florida, praktisch ist das dasselbe.«

»Besuchen Sie sie nicht?«, fragte Lupe.

»Nein, meine Mutter und ich hatten vor vielen Jahren einen Streit. Ich habe sie nie sehr gemocht, und sie mich auch nicht. Seit Jahren haben wir kaum noch Kontakt.«

»Das ist traurig«, sagte Lupe. »Ich würde meine Eltern gerne sehen.«

Jonathan zögerte. »Mir ist nie der Gedanke gekommen, dass du Eltern hast. Ich dachte, deine Großeltern würden sich um dich kümmern.«

»Trotzdem habe ich Eltern. Jeder hat Eltern.«

»Und warum lebst du dann bei deinen Großeltern?«

Lupe wandte sich um. »Vielleicht brauchen Sie auch etwas Klebeband.«

Jonathan gluckste. »Touché. Weißt du, was das bedeutet?«

Lupe schüttelte den Kopf, dann erinnerte sie

sich wieder daran, dass er sie nicht sehen konnte. »Nein.«

»Es bedeutet: *Eins zu null für dich.*«

Jonathan drehte sich um und steuerte auf die Küche los, um Teewasser aufzusetzen.

»Und wer ist auf dem Bild in Ihrem Schlafzimmer?«

Jonathan drehte das Gas ab und stand eine Sekunde da.

»Das ist meine … Frau.«

»Oh – ist sie auch fort?«

Jonathan nickte.

»Florida?«

»Nein, sie ist tot. Erst sie, dann unser Baby.«

»Ihr Baby?«

»Beau, er war unser Baby. Jedenfalls empfanden wir das so.«

Lupe zögerte. »Sie meinen, Sie und Ihre Frau konnten keine richtigen Babys bekommen? Ich kenne so eine Frau. Sie bekam all diese Spritzen im Krankenhaus und dann ließ sie diese winzigen Dinger in sich einsetzen, die sie in einem Labor gemacht hatten, aber nichts hat funktioniert.«

Jonathan bekam einen seltsamen Gesichtsausdruck. Er schüttelte den Kopf.

»Sah Beau denn so aus wie Sie?«, fragte Lupe. »Von meiner Hündin Bonita sagten die Leute immer, sie würde aussehen wie ich.«

Jonathans Miene hellte sich auf. »Ich glaube nicht. Jedenfalls hat das niemand gesagt. Er war ein Boxer, rehbraun und bestand nur aus Muskeln. Was ist mit Bonita passiert?«

»Nichts ist passiert. Sie ist wieder in Mexiko.«

»Mexiko?«, fragte Jonathan. »Daher kommst du also?«

»Ja«, antwortete Lupe kurz angebunden. Zum ersten Mal schien es Themen zu geben, über die sie nicht reden wollte.

»Und dort sind auch deine Eltern?«

»Ja, mit Bonita. Warum besorgen Sie sich nicht einen anderen Hund?«, fragte sie.

Jonathan schien in Gedanken verloren zu sein.

»Ich könnte mich nicht um ihn kümmern«, sagte er schnell. »Ich kann mich ja kaum um mich selbst kümmern.«

»Genau das sagt Großmama auch, wenn ich um einen anderen Hund bitte.«

»Was?«

»Wer soll sich dann um ihn kümmern?«

Jonathan blickte verwirrt drein. »Nun, du würdest dich doch um ihn kümmern, oder nicht?«

Lupe ging hinaus in den Flur und war plötzlich verschwunden.

6

Als Lupe am nächsten Nachmittag mit dem Fahrrad von der Schule nach Hause fuhr, kam sie an einem der imposantesten Häuser der Stadt vorbei. Es war ein gegiebeltes dreistöckiges Haus im viktorianischen Stil, überladen mit filigranen Verzierungen und hellgelb angestrichen. Von allen Häusern in der Stadt war dieses Lupes Favorit.

Wenn sie an dem Haus vorbeikam, fuhr sie gern langsamer und stellte sich vor, wie es wäre, dort zu leben – mit all dem Platz, einem riesigen smaragdgrünen Garten und einem Swimmingpool, der hinter einer Reihe von immergrünen Pflanzen kaum zu sehen war. Durch das große Wohnzimmerfenster konnte sie einen Kronleuchter sehen und zwei riesengroße Porträts, die nebeneinanderhingen, von Mutter und Tochter, die fast wie Zwillinge aussahen. Selbst die Sachen, die sie wegwarfen, waren besser als das, was Lupe besaß – absolut gute Korbstühle, nur ganz leicht beschädigte Puppen und einmal sogar ein Schachspiel in einer versiegelten Schachtel. Es juckte ihr in den Fingern, einen flüchtigen Blick darauf zu werfen, aber sie zwang sich, weiterzufahren.

Als sie heute daran vorbeirollte, ohne zu treten, sah sie die Mutter und die Tochter von den Porträts in einem glänzend schwarzen Wagen in der Auffahrt anhalten. Musik plärrte aus der Stereoanlage. Es war Brie mit ihrer Mutter, einem älteren Ebenbild der Tochter, beide in Trainingshosen und mit Pferdeschwänzen. Lupe starrte sie unentwegt an, während sie vorbeiglitt.

Die Mutter fragte: »Kennst du sie?«

»Um Gottes willen, nein«, antwortete Brie. »Sie geht in meine Schule, das ist alles.«

»Diese Latinos, manchmal überwachen sie ein Haus, damit sie später wiederkommen und einbrechen können.«

Brie grinste höhnisch, sie machte dieselbe Miene wie ihre Mutter. »Das glaube ich gern.«

»Ich hoffe, sie belästigt dich nicht. Die Mädchen mögen sie bestimmt alle nicht, oder?«

»Natürlich nicht. Sie ist eine Lachnummer.«

* * *

Lupe erschien in Jonathans Wohnung mit Lebensmitteln, Paketen und Postgebühren. Eine Routine hatte sich eingebürgert. Inzwischen ließ Jonathan die Tür offen, sodass Lupe nicht einmal anzuklopfen brauchte.

»Ich weiß nicht, ob ich mir dich leisten kann«, sagte Jonathan, während er eine weitere Einkaufsliste für sie schrieb.

»Aber ich bin nicht teuer, und sehen Sie mal, ich kann alles – putzen und einkaufen; ich kann sogar für Sie kochen, wenn Sie möchten.«

»Nein danke. Das fehlt mir noch – wegen Verletzung der Kinderschutzgesetze angeklagt zu werden.«

»Ich bin kein Kind!«

Jonathan wandte seinen Kopf zu ihr. »Natürlich bist du das nicht. Elf ist uralt. Hast du eine Ahnung, wie alt ich bin?«

»Fünfundfünfzig.«

Überrascht fragte Jonathan: »Woher weißt du das?«

»Das habe ich gelesen. Bei Google.«

»Wirklich? Und was hast du sonst noch herausgefunden?«

»Oh, eine ganze Menge. Dass Sie ein bedeutender Mann sind, ein Maler. Dass Sie Pech hatten. Dass Sie blind sind.«

»*Früher* war ich ein bedeutender Maler.«

»Das ändert sich nicht«, sagte Lupe. »Außerdem werden Sie wieder malen.«

Jonathan stieß ein ungläubiges Lachen hervor. »Und wie soll mir das gelingen? Meine Welt ist absolut dunkel, falls dir das entgangen sein sollte.«

»Sie werden trotzdem neue Bilder malen.«

Es klopfte an der Tür, sie wurde aufgeschoben und gab den Blick frei auf ihre Großmutter. »Lupe, wir brauchen dich drüben bei Großvater.«

Lupe steuerte auf die Tür los.

»Tschüs, Mr Jonathan. Bis morgen.«

Jonathan winkte ihr kurz zu, aber ansonsten rührte er sich nicht. Er saß nur da und starrte blind auf einen Stapel Kunstdrucke, die er noch signieren wollte. Lupes Worte – »Sie werden wieder malen.« – hatten ihn überwältigt und verwirrt.

* * *

Das Apartment der Saldanas könnte nicht unterschiedlicher sein als das von Jonathan. Es war von einem schwer zu definierenden Geruch erfüllt, aber Lupe fand, dass es eine Mischung aus eingemotteter Kleidung, geschmolzenem Käse und dem süßen Maiglöckchen-Talkumpuder, den ihre Großmutter nach dem Baden benutzte, sein könnte.

An der Wohnzimmerwand hing nur ein Bild, ein Großdruck des durchbohrten und blutenden Jesu. Es war alt und aus Mexiko mitgebracht worden, hatte ihr einmal jemand erzählt. Lupes Zimmer war im Grunde eine Kammer, ihr kleines Bett, bedeckt mit einer handgenähten Steppdecke, war in eine Ecke hineingezwängt worden. Wenn sie aus dem Bett stieg, stand sie schon im Flur; sie hatte keine andere Wahl. Das alte Zimmer ihrer Eltern, das genauso klein war, war sofort in die Besenkammer umfunktioniert worden und mit einem Staubsauger, verschlissenen Koffern und medizinischen Geräten bereits vollgestopft.

Lupe half ihrer Großmutter dabei, den sperrigen Sauerstofftank auszutauschen, den ihr Großvater quer über der Brust trug. Er saß mit geschlossenen Augen im Rollstuhl, im Gesicht ganz grau und erschöpft.

»Lass mich mal machen«, sagte Lupe, als ihre Großmutter vergeblich versuchte, ihm die Atemschläuche wieder in die Nase einzuführen.

»So, Großvater. Jetzt kannst du besser atmen. Atme tief ein«, sagte Lupe.

»*Gracias*, mein Schatz«, sagte er mit gedämpfter, rauer Stimme. Er entspannte sich sichtlich, während er lange Atemzüge durch die Nase nahm.

Lupe beugte sich vor und gab ihm einen Kuss. »Ich liebe dich – das weißt du, Großvater? Lupe liebt dich.«

Tränen liefen ihm langsam über das lederne Gesicht.

»Weine doch nicht; es gibt keinen Grund zu weinen.«

»Du bist ein Engel, Lupe«, sagte er. »Das wusste jeder, kaum dass du geboren wurdest!«

Lupe lächelte. »Davon weiß ich nichts. Mama hat immer gesagt, ich hätte das ganze erste Jahr nur geschrien!«

»Trotzdem bist du mein Engel«, sagte er.

Aus der Küche rief die Großmutter: »Lupe, warum bringst du Mr Jonathan nicht etwas zum Abendessen? Ich glaube, er hat noch nie in seinem Apartment gekocht, jedenfalls habe ich nie etwas gerochen.«

»Er kocht nie! Ich weiß gar nicht, wie er es schafft, am Leben zu bleiben.«

* * *

Lupe trug eine in Alufolie eingepackte Auflaufform in Jonathans Apartment und stellte sie auf den Tisch.

Jonathan schnupperte herum. »Was ist das?«

»Ihr Abendessen. Wir haben es drüben in unserer Küche zubereitet. Mir ist aufgefallen, dass Sie nicht genug essen. Mexikanische Speisen sind schmackhaft und eiweißreich.«

»Wirklich? Das ist es also, was ich immer von eurer Seite des Hausflures rieche. Schmackhafte Eiweiße. Und was ist das genau?«

»Carnitas, Schweinefleisch im eigenen Fett zubereitet, und Hähnchen mit Mole, einer Sauce aus Schokolade, Chili und Gewürzen. Und noch eine kleine Portion Ceviche, roher Fisch mit Gewürzen.«

Jonathan schnitt eine Grimasse. »Ich habe gerade vorgehabt, ein paar leckere Crackers mit Käse zu essen, danke.«

Lupe sagte nichts, aber ihr enttäuschtes Schweigen sprach Bände.

»Vielleicht probiere ich es später«, sagte Jonathan. »Im Moment habe ich keinen Hunger.«

»Sie werden es einfach in den Abfall werfen«, sagte Lupe, während sie die Folie abnahm, das Essen auf einem Teller zurechtmachte und ihm diesen hinschob.

»Gute Idee.«

»Ich dachte, Sie wären viel gereist und hätten Speisen aus allen Teilen der Welt probiert.«

»Das war früher einmal.« Jonathan nahm ganz vorsichtig ein Stück Carnitas mit seiner Gabel auf, als wäre es Gift. Er biss hinein und kaute langsam, dann biss er noch einmal hinein. »Hast du gesagt, das wäre Ente?«

»Nein, Schweinefleisch, im eigenen Fett.«

»*Im eigenen Fett* … was hast du vor? Willst du, dass ich einen Herzanfall bekomme? Das würde meinem Zustand dann doch noch die Krone aufsetzen.«

»Großvater isst das ständig. Und sehen Sie ihn sich doch an.«

»Richtig. Genau das meine ich.«

»Er ist einundsiebzig!«, sagte Lupe entrüstet.

»Wirklich? Nun, das *ist* beeindruckend.« Er leckte sich die Finger ab. »Nicht schlecht.«

»Probieren Sie die Ceviche.«

»Alles, was roh ist, macht mich nervös.«

»Das ist was anderes – es ist wirklich gut.«

»Na gut, ein Bissen.« Er probierte eine winzige Krabbe. »Ich mag die Gewürze«, sagte er kauend. »Obwohl ich vermutlich eine Woche lang krank sein werde.« Wortlos machte er sich über das Hähnchen mit Mole her. »Georgie und ich haben es nie nach Mexiko geschafft. Ich habe das immer bedauert.« Er schien mit sich selbst zu reden.

Fünf Minuten später war der Teller leer.

»Danke. Das war gut. Und interessant.«

Lupe strahlte vor Stolz.

»Also, das nächste Mal werde ich dich in meine Art Restaurant mitnehmen – na ja, was meine Art Restaurant zu sein pflegte.«

»Das ist nicht nötig, Mr Jonathan.«

»Ich weiß, aber ich möchte es. Ich werde natürlich deine Großeltern um Erlaubnis fragen. Ich war schon seit einer Ewigkeit nicht mehr dort. Wann kannst du denn? Wie wäre es am Freitag?«

»Okay, ich frage Großmutter. Ich weiß nicht, ob ich darf.«

»Warum nicht?«

»Am Freitag habe ich Geburtstag.«

»So? Du bist wie alt? Zehn?«

»Ich werde zwölf.«

»Ich kann mich nicht einmal mehr erinnern, wie es sich anfühlt, zwölf Jahre alt zu sein.«

»Sie planen eine kleine Party für mich, aber nicht vor Samstag.«

»Na, dann ist es doch perfekt. Sie kann ja mitkommen, sag ihr das.«

»Nein, sie mag schicke Plätze nicht.« Lupe nahm ihre Sachen und ging zur Tür. »Ich sage Ihnen Bescheid.«

* * *

Am Freitagabend stand Jonathan im Hof und wartete neben einem Taxi zusammen mit William, einem örtlichen Fahrer. William war glatzköpfig und untersetzt und hatte ein ausdrucksvolles, freundliches Gesicht.

Schließlich trapste Lupe die Stufen hinunter.

»Was trägst du? Hufeisen?«

»Die guten Schuhe meiner Mutter. Sie sind zu groß, aber ich habe sie mit Papier ausgestopft.«

»Das war raffiniert.«

»*Hola*, Lupe«, sagte William. »Du siehst heute Abend gut aus.«

Jonathan wandte sich zu ihm. »Stimmt das? Wie sieht sie aus? Beschreibe es mir, William.«

»Nun, sie trägt ein blaues Kleid mit weißen Blumen und eine blaue Schleife im Haar und weiße Schuhe mit vielen Riemchen.«

Lupe setzte sich in den Fond des Taxis neben Jonathan. »Ich bin nervös wegen des schicken Restaurants. Ich bin noch nie in einem gewesen.«

»Setz deine positiven Gedanken ein!«

»Machen Sie sich nicht lustig über mich!«

»Stell dir vor, wie du es genießt. Genau das sagst du mir doch immer, oder nicht?«

Lupe sah ihn an. »Ich habe nicht gedacht, dass Sie mir überhaupt zuhören.«

»Oh, ich *höre* dir zu«, sagte Jonathan. »Ich will zwar nicht, aber gelegentlich zwinge ich mich dazu.«

Er beugte sich vor und sagte: »Fleur de Lys, William. Wir haben eine Reservierung für 19 Uhr. Aber mach erst die Tanten-Besuchstour. Wir sind früh dran.«

»Alles klar.«

»William fährt mich herum, seitdem ich mein Augenlicht verloren habe«, teilte Jonathan Lupe mit.

»Das ist nett. Manchmal fährt er uns auch«, sagte Lupe. »Ich vermute, Sie fahren jeden, stimmt's, William?«

»Nein, nicht jeden. Nur die allererste Sahne, wie ihr beide.«

»William war früher Schauspieler«, sagte Jonathan in einem gespielten Flüsterton.

»*Wirklich*?«

»Vor hundert Jahren. Bevor du geboren wurdest.«

»Wo haben Sie mitgespielt?«

»Fernsehserien. *Route 66*, *Hawaii Five-0*. Hast du je von ihnen gehört?«

»Ja!«, sagte Lupe. »Von beiden.«

William lachte. »Das bezweifle ich, aber du bist süß, wenn du lügst.«

Er fuhr sie auf einem langen Umweg, der über eine Stunde dauerte.

Jonathan lehnte sich zurück, während Lupe beim Anblick von Chinatown, Fisherman's Wharf, City Hall und Nob Hill Ohs und Ahs von sich gab.

»So viele Hügel«, sagte sie dauernd.

Das letzte Highlight war ein Strand.

»Können wir einen Augenblick anhalten?«, fragte Lupe.

»Sicher.«

Sie öffnete die Tür und stieg aus.

»Was macht sie?«, fragte Jonathan.

»Steht nur da.«

»Schaut sie hinaus?«

»Ja, schaut aufs Wasser hinaus.«

Als Lupe schließlich wieder einstieg, brachte sie den Geruch von Meeresluft mit.

»Ich habe den Ozean noch nie richtig gesehen«, erklärte sie schlicht. »Nur vom Flugzeug aus.«

Ihre Stimme klang, als ob sie vielleicht geweint hätte, aber es widerstrebte Jonathan, sie zu fragen.

»Okay, William, wir sind jetzt bereit. Lass uns essen gehen.«

* * *

Für Lupe war es ein Abend voller Wunder, der damit anfing, dass der französische Chefkoch erschien, Jonathan die Hand gab und sie daraufhin durch einen Raum führte, der mit kostbarem Stoff drapiert war, die Wände schmückte moderne Kunst, und auf den Tischen stand Kristall. Lupe sah aus, als wäre sie in einen Traum hineingefallen.

»Sag etwas«, forderte Jonathan sie auf, sobald sie in einer abgeschiedenen Nische Platz genommen hatten.

»Es ist so schön, wie für den Papst oder einen Heiligen!«, rief sie aus, was Jonathan zum Lachen brachte.

»Das sind Calamari mit süßer Sauce«, sagte der Ober, nachdem Jonathan von einer Spezialkarte bestellt hatte.

»Das habe ich noch nie gesehen«, sagte Lupe, während sie ein Stück untersuchte. »Hören Sie, es hat Saugnäpfe und Tentakel wie ein Oktopus plus Spinne.«

Eine Frau in ihrer Nähe mit einer Perlenkette um den dünnen Hals warf ihnen einen bösen Blick zu.

»Es *ist* eine Art Oktopus«, sagte Jonathan leise. »Es ist Tintenfisch.«

»Oh«, sagte Lupe mit unsicherer Stimme und kaute vernehmbar ein Stück. Jonathan wünschte sich nicht zum ersten Mal, dass er ihr Gesicht sehen könne.

»Im Salat sind hellgrüne weiche Stücke von irgendetwas«, sagte sie später.

»Gib mir eins.«

»Mund auf«, wies Lupe ihn an und gab ihm eine Gabel voll in den Mund.

»Artischockenherzen.«

»O ja, die kenne ich von zu Hause. Es sind schöne Pflanzen. Und was ist dieses ganz weiße Fleisch?«

»Kalbfleisch. Und daneben, das ist Wildbrokkoli. Das ist gut für dich.«

Aber obwohl Lupe von dem köstlichen Mahl begeistert zu sein schien – von allen vier Gängen –, hatte Jonathan das deutliche Gefühl, dass sie nicht alles aufaß.

»Lupe, du kannst nicht die ganzen Knoblauchbrötchen verputzt haben. Wo sind sie?«

»Ich habe einen kleinen Beutel dabei. Hier unten in meiner Tasche. Sie werden es wegwerfen, wenn wir es zurücklassen. Ich nehme es mit nach Hause.«

»Lupe, das tut man nicht in einem Restaurant wie diesem«

»Ich mach es trotzdem.«

»Dir schmeckt also das Essen? Du hast noch nichts gesagt.«

»Mr Jonathan, das ist Essen für Königinnen. Ich mag es, aber … es ist zu gut für mich.«

»Nein, ist es nicht. Das hört sich nach etwas an, was ich sagen würde.«

»Es ist wahr!«

»Nein, ich möchte, dass du sagst: *›Ich genieße das Essen, weil ich es verdiene.‹* Sag es.«

Sie lächelte. »Okay. Ich genieße das Essen, weil ich es verdiene.«

»Was für ein Prachtmädchen du bist! Herzlichen Glückwunsch zum Geburtstag, Lupe.«

Lupe sah ihn an und lachte. »Danke.«

7

Am nächsten Nachmittag wischte Lupe Staub, während Jonathan Lebensmittel wegräumte. Sie bewegten sich umeinander herum wie ein altes Ehepaar, daran gewöhnt, sich im Bereich des anderen aufzuhalten.

»Ich habe die Weizen-Cracker besorgt und nicht die mit Käse«, sagte Lupe. »Sie waren im Angebot und außerdem sind sie besser für Sie. Wegen der Ballaststoffe.«

»Danke, Mutter.«

»Auch die Spaghetti. Vollkorn, nicht die weißen.«

»Seit wann bist du eine ausgebildete Diätassistentin?«

»Ich habe Ernährungsunterricht in der Schule«, sagte Lupe stolz.

»Schade, dass sie nicht ein wenig Geografie dazugeben.«

Lupe wischte weiter Staub, bis sie schließlich Jonathans Schreibtisch erreichte. »Ich habe Ihnen hier eine Einladung hingelegt.«

»Wozu?«

»Sie werden sehen …«

»Ich werde *nicht* sehen. Was glaubst du, wie ich sie lesen soll?«

»Kommen Sie«, sagte Lupe. »Versuchen Sie es einfach.«

Jonathan nahm das Blatt Papier und fühlte, dass Lupe Bastelpapier sorgfältig ausgeschnitten hatte, sodass jeder Buchstabe eine Struktur hatte, die er ertasten konnte.

»Das hast du für mich gemacht?«

»Ja, für mein Chorkonzert.«

Jonathans Gesicht wurde für einen Moment weich, dann verhärtete es sich wieder. »Nun, erstens gehe ich nicht gern aus und zweitens hasse ich Chorgesang.«

»Warum?«

»Weil die Sänger immer Fischmäuler machen.«

»Ich dachte, Sie können nicht sehen.«

»Aber ich *erinnere mich*, okay. Und diese Chorleiter machen immer diese dramatische Reißverschluss-Bewegung am Ende, etwa so …«

Er legte seine Zeigefinger und Daumen zusammen und zog sie waagerecht auseinander.

Lupe lachte. »Nun, das werden Sie auch nicht sehen können.«

»Ich erinnere mich.«

»Sie können mir einfach beim Singen zuhören. Es wird Ihnen gefallen.«

»Ich kann dich hier singen hören, wann immer ich fluche. Warum soll ich bezahlen, um in einer Aula zu sitzen?«

»Sie haben schon lange nicht mehr geflucht, Mr Jonathan.«

»Erinnere mich nicht daran, du kleines Bie…«

Lupe begann eines ihrer Lieder zu summen.

Sie holte den Staubsauger aus der Besenkammer und schaltete ihn ein. Jonathan hielt sich die Ohren zu. »Geh damit woandershin. Ich bekomme davon Kopfschmerzen.«

Sie ging ins Schlafzimmer. Als sie bei dem verhängten Bild neben Jonathans Bett saugte, geriet eine Ecke des Stoffes in den Staubsauger. Der Stoff löste sich von dem Bild so weit, dass Lupe sehen konnte, dass es keine Darstellung von Jonathans »Frau« war, sondern von einem Mann.

Lupe hielt inne, und dann ging ihr ein Licht auf. Kurz nach ihrer Ankunft in San Francisco hatte ihre Großmutter ihr das Verhalten von Männern wie Jonathan erklärt, nachdem sie und Lupe hinter einem Paar in der U-Bahn gesessen und beobachtet hatten, wie sich der jüngere Mann hinübergebeugt und den älteren am Hals geküsst hatte.

»Liebe ist Liebe«, hatte sie zu Lupe gesagt. »Für einige Menschen ist das eben so. Wir dürfen das nicht verurteilen. Sie tun niemandem weh.«

»Aber, Großmutter«, hatte Lupe später gesagt, »sie sind doch so schön.«

»Es hat vielleicht den Anschein«, hatte ihre Großmutter gesagt. »Aber du wirst sehen. Es gibt viele schöne Männer jeglicher Art. Eines Tages wirst du einen finden.«

Lupe war sich da jetzt nicht mehr so sicher.

Sie starrte das Bild noch einen Augenblick an, dann ging sie ins Wohnzimmer zurück, wo Jonathan an seinem Schreibtisch saß und Kunstdrucke signierte.

»Mr Jonathan?«

»Was?«

»Ich hoffe, Sie sind mir nicht böse. Es geht um das Bild von Ihrer Frau.«

Jonathan hörte auf zu signieren. »Was ist damit?«

»Der Sauger hat den Vorhang weggezogen.«

Jonathan blieb einen Moment sitzen, dann erhob er sich. Er ging ins Schlafzimmer. Lupe folgte ihm. Er nahm den Stoff ganz von dem Bild ab und setzte sich aufs Bett.

Es war das Bildnis eines gut aussehenden Mannes in den Zwanzigerjahren, elegant gekleidet in einer Brokatweste. Sein blondes Haar war aus der hohen Stirn zurückgekämmt. Er hielt eine Sektflöte in einer Hand, und seine Geste ähnelte der des Mannes im *Tanzenden Vagabunden*. Im Hintergrund erhob sich der Schatten eines älteren Mannes, halb abgewandt und aus einem Fenster schauend. Die Stimmung war rätselhaft und düster.

Lupe setzte sich neben Jonathan und fragte: »Wie hieß er?«

»George. Ich nannte ihn Georgie. Er war mein bester Freund«, sagte er ruhig.

Lupe nickte. »Er hat ein schönes Gesicht. Mir gefällt auch, dass er so elegant ist.«

»Tja, er hatte … ein Gespür dafür.«

»Haben Sie auch ein Gespür?«

Jonathan lächelte. »Ja, ich hatte früher auch ein Gespür dafür.«

Lupe nickte. »Ich schätze, mein Onkel hat das auch.«

»Wirklich? Was macht er?«

»Arbeitet in einem Laden, bei Williams-Sonoma.«

»Dann ganz gewiss. Glaub mir.«

Nach einer langen Pause fragte Lupe. »Was ist mit Georgie passiert?«

»Er wurde sehr krank. Und dann starb er.«

»Oh, das ist traurig.« Sie wartete einen Moment. »Wie war er denn?«

Jonathan rieb sich die Augen. »Voller Leben und Fröhlichkeit. Jeder Tag war ein Abenteuer mit ihm. Er wäre völlig überrascht, festzustellen, dass er tot ist.«

»Glauben Sie nicht, dass er das weiß?«

Jonathan zuckte die Schultern. »Egal, als die Krankheit kam, war es vorbei mit der Fröhlichkeit und dem Abenteuer. Es war ein schnelles und schreckliches Ende.«

Lupe hörte ihm mit ernstem Gesichtsausdruck zu. »Wenn ein Haus von Liebe und Musik erfüllt ist, dann gibt es keinen Platz für Krankheit. Das sagt Großmutter immer, und darum macht mein Großvater immer Musik.«

»Wenn ich damals von deinem kleinen Geheimnis gewusst hätte, dann hätte ich eine ganze Mariachigruppe engagiert«, sagte Jonathan schelmisch. »Ich bin mir sicher, das hätte auf der Intensivstation viel bewirkt. Ehrlich, ich hätte wahrscheinlich alles ausprobiert.«

»Haben Sie geweint, als er starb?«

»Lupe, es reicht. Bist du bei Barbara Walters oder so in Ausbildung?«

»Wer ist Barbara Walters?«

»Ja, ich habe geweint. Aber jetzt nicht mehr. Jedenfalls versuche ich es. Ich habe ihn geliebt, und er hat mich geliebt. Das Letzte, was er mir sagte, war ›Danke‹.«

»Und was haben Sie gesagt?«

»Das weiß ich nicht mehr.«

»Vielleicht haben Sie ›Bitte, gern geschehen‹ gesagt?«

Jemand rief von nebenan: »Lupe, Lupe …«

Jonathan, offensichtlich aufgelöst, drehte sich weg, als Lupes Großmutter an seiner Tür erschien.

»Lupe«, sagte ihre Großmutter, »es ist Zeit fürs Krankenhaus.«

»Jetzt schon? Ich hasse es, dorthin zu gehen«, sagte sie.

Jonathan wandte sich wieder zu ihr. »Warum muss denn dein Großvater dorthin gehen?«

Lupe wandte sich ab. »Bis morgen.«

* * *

Als Lupe das Apartment betrat, standen ihre Großeltern bereits fertig zum Aufbruch in der Diele. »Zieh deine Jacke an, Lupe. Ich weiß, dass es hart ist. Keiner von uns geht gern.«

Lupe ging in ihr Zimmer und zog sich eine leichte Jacke über.

Dann verließen alle drei schweigend das Apartment und gingen zur Bushaltestelle. Ihr Großvater benutzte ein Laufgestell.

»Warum sitzt du nicht in deinem Rollstuhl?«, fragte Lupe ihn, während sie seinen Kragen zurechtrückte.

»Das ist alles zu umständlich mit dem Bus«, sagte er.

Im Krankenhaus angekommen, reihten sie sich in eine lange Schlange von erschöpft dreinblickenden Patienten ein, die darauf warteten, ihre Anmeldeformalitäten am Aufnahmeschalter zu erledigen. Die Klimaanlage war defekt, und auch die Wasserspender funktionierten nicht. Alle beschwerten sich.

Sobald sie die Formalitäten hinter sich gebracht hatten, gingen sie in einen anderen großen, bunkerähnlichen Bereich, in dem es noch heißer war als in dem ersten.

Lupe und ihre Großeltern setzten sich auf Stühle mit geraden Rückenlehnen, die an der Wand standen. Dutzende von Familien warteten hier, viele sprachen spanisch, andere wiederum unterhielten sich in Sprachen, die Lupe nicht einordnen konnte.

Ein Mann hielt seinen Kopf in den Händen, mehrere Kinder stöhnten in den Armen eines Elternteils, als ob etwas in ihnen gebrochen wäre.

»Wann sind wir dran?«, fragte ein junges Mädchen seine Mutter, aber die Mutter schüttelte den Kopf und meinte nur erschöpft: »Ich weiß es nicht, Schatz. Bleib bitte still sitzen.«

Lupe richtete ihren Blick auf den Verkaufsautomaten und versuchte sich vorzustellen, was sie sich kaufen würde, wenn sie alles Geld der Welt hätte. Aber nicht einmal die Automaten waren hier verlockend, nur No-Name-Softdrinks und alt aussehende Nüsse und Schokoladen, die in der Hitze geschmolzen waren.

Ihre Großeltern schliefen ein, ihre Köpfe waren nach innen geneigt, Lupe zugewandt. Auch sie hatte die Augen geschlossen und sang leise: *»Ich liebe mich selbst, darum lebe ich vollkommen im Hier und Jetzt und erlebe jeden Augenblick als gut, und ich weiß, dass meine Zukunft vielversprechend, voller Freude und sicher ist.«*

Als eine Krankenschwester ihren Namen aufrief, schreckten ihre Großeltern aus dem Schlaf auf. Die drei erhoben sich und marschierten in das Büro, wo ihre Informationen in den Computer eingegeben wurden.

Lupe fühlte sich, als würden sie in einem Prozess feststecken, den sie schon Hunderte Male wiederholt hatten. Wozu waren Computer gut, wenn man jedes Mal die gleichen Informationen angeben musste? Aber ihre Großeltern zeigten keinerlei Anzeichen von Verärgerung. Ihre Großmutter holte ein kleines Notizbuch aus ihrer schwarzen Handtasche und teilte freundlich alle von ihr geforderten Daten mit. Lupe bewunderte ihre innere Kraft; falls sie jemals traurig oder ängstlich war, sie zeigte es nie.

Großvater war emotionaler. Sie hatte ihn einmal so wütend erlebt, dass er mit seiner Riesenfaust auf den Esszimmertisch geschlagen hatte, worauf eine der Planken gesplittert war. Aber in der Öffentlichkeit benahm er sich nie so. Seine Haare waren in letzter Zeit noch grauer geworden, und viele waren ihm irgendwann ausgefallen, was sie damals nicht bemerkt hatte.

»Müssen Sie alle dabei sein?«, fragte die Krankenschwester barsch, als es an der Zeit war, ins Behandlungszimmer zu gehen.

»Ja«, antwortete Lupes Großmutter. »Wir alle.«

8

Viele Eltern und Großaltern waren gekommen und nahmen ihre Plätze in der Schulaula ein. Lupes Großmutter saß in der ersten Reihe. Sie trug einen Hut und ein farbenfrohes geblümtes Kleid. Ein langer Zug von Mädchen betrat die Bühne, eines eine Kopie der anderen – langes blondes Haar mit Pony und dunkles Kleid mit weißem Kragen. Mrs Saldana klatschte laut, als Lupe schließlich kam, sie bildete das Schlusslicht. Sie lächelte, wirkte aber wie ein Fremdkörper.

Ihr langes Haar war teilweise durch das Gummiband durchgeschlüpft und kräuselte sich um ihr Gesicht; ihr Kleid war aus demselben farbenfrohen Stoff genäht wie das ihrer Großmutter.

Lupe versuchte, in enger Aufstellung mit den anderen Sängerinnen zu stehen, aber Bries Führung folgend, gelang es ihnen, sich zentimeterweise von ihr wegzuschieben, sodass ein für das Publikum sichtbarer Abstand entstand, als wäre Lupe ansteckend. Bries Gesichtsausdruck war heute

Abend stahlhart ohne das sonst übliche Grinsen. Sie schien jemanden im Publikum zu suchen.

Die Chorleiterin, eine hochgewachsene Nonne in moderner Ordenstracht, verbeugte sich zum Applaus und hob dann ihre Arme. Alle Mädchen wandten sich ihr zu und begannen zu singen. Und im Verlauf des Gesangs schwoll Lupes Stimme an, unverkennbar unter den Sopranstimmen: lieblich, klar, hell und gefühlvoll.

Am Ende des Liedes blickten einige der Mädchen voller Verachtung zu ihr herüber, aber Lupe nahm das nicht wahr.

Als das zweite Lied begann, entstand hinten im Saal ein kleiner Tumult. Einem schwarz gekleideten Mann mit Schlapphut wurde geholfen, in der hintersten Reihe Platz zu nehmen. Allem Anschein nach war er blind.

Während der nächsten zwei Lieder richtete sich Jonathan immer mehr auf, als er Lupes Stimme aus all den anderen heraushörte. Ihre Stimme hatte einen hohen, glockenähnlichen Klang, und Jonathan lauschte aufmerksam.

Die Chorleiterin beendete die Aufführung mit der »Reißverschluss-Bewegung«, und Lupe lächelte. Wieder entstand ein kleiner Tumult hinten im Saal – und der schwarz gekleidete Mann in der hinteren Reihe war wieder verschwunden.

* * *

Als Lupe am nächsten Nachmittag das Apartment betrat, beendete Jonathan gerade ein Telefonat. Er hörte sich aufgebracht an. »Okay, in Ordnung! Abgemacht!«

Er legte den Hörer auf und vergrub seinen Kopf in die Hände.

»Was ist los?«, fragte Lupe.

»Meine Mutter wird diese Woche auf dem Weg nach Hawaii einen Zwischenstopp hier in der Stadt einlegen. Sie besteht darauf, mich zu besuchen.«

»Das ist doch gut, oder nicht?«

»Nein, das ist nicht gut. Ich habe sie schon seit Ewigkeiten nicht mehr gesehen.«

»Warum nicht?«

»Sie macht mich verrückt. Darum. Sie ist ein Ausbund an Negativität.«

»Was ist mit Ihrem Vater?«

»Er verreist nie mit ihr. Er ist froh, wenn er in Ruhe gelassen wird. Ich weiß nicht, ob ich das ertragen kann – ich weiß es wirklich nicht. Sie ist echt eine schreckliche Frau. Sie versucht immer noch, mich mit den Töchtern ihrer Freundinnen zu verkuppeln.«

»Ich helfe Ihnen, sie zu unterhalten.«

Jonathan lachte. »Das kann ja toll werden. Sie ist außerdem borniert, habe ich das erwähnt? Sie wird dich wie ein Hausmädchen behandeln.«

»Das stört mich nicht. In gewisser Weise bin ich ja auch das Hausmädchen.«

»Du bist nicht *mein* Hausmädchen. Du bist meine …«

»Freundin?«, fragte Lupe. »Ist das schwer zu sagen?«

»Nein, es ist nicht schwer. Ja, meine Freundin.«

»An welchem Tag wird sie kommen?«

Jonathan vergrub wieder seinen Kopf in den Händen. »Donnerstag.«

»Der Bingo-Klub trifft sich an diesem Tag bei Großmutter. Wir werden uns etwas überlegen. Ich helfe Ihnen …«

»Der Bingo-Klub?«

»Die ganzen alten Leute in der Nachbarschaft«, erklärte Lupe, während sie hinausging.

* * *

Am Donnerstag lief Jonathan vor seinem Vorderfenster ab und ab. »Lupe, ich höre jemanden; sieh mal nach.«

Lupe kam mit einem Tablett mit Snacks aus der Küche.

»Was ist das?«

»Käse-Nachos, Großmutters Spezialität.« Sie sah aus dem Fenster. »Es ist ein Taxi, aber das ist nicht Ihre Mutter.«

»Woher willst du das wissen?«

»Es ist eine Frau, aber sie ist winzig und sie trägt eine Art Pelz, und es sieht so aus, als würde sie mit dem Fahrer streiten.«

»O mein Gott. Sie ist es!«

»Ich verstehe nicht, wie jemand, der so groß ist wie Sie, aus einer so winzigen Person herauskommen könnte.«

»Frage sie lieber nicht danach. Es ist bestimmt eine schmutzige Geschichte.«

Er wandte sich zu Lupe. »Ich kann es nicht fassen, wie ängstlich ich bin. Sie ist nur meine Mutter.«

»Mütter üben einen sehr starken Einfluss aus.«

»Wieso weißt du so viel mit elf Jahren?«

Sie zuckte mit den Schultern, als es läutete. »Ich bin gerade zwölf geworden.«

»Mach ihr die Tür auf«, sagte Jonathan im verzweifelten Ton.

Lupe drückte zweimal den Türöffner, dann standen sie und Jonathan da und lauschten dem Klacken von High Heels, als sie die Treppe hochkam. Lupe öffnete die Tür, und sie warteten weiter. Jonathans Mutter, Belle, hielt dramatisch keuchend oben auf der Treppe an.

»Kein Aufzug. Welch *Überraschung*.«

Während sie nach Luft japste, betrachtete sie Lupe und Jonathan von oben bis unten. Lupe konnte an den Flecken auf den Händen und der abgesunkenen Halspartie erkennen, dass Belle fast so alt war wie ihre Großmutter, aber etwas war mit ihrem Gesicht angestellt worden, denn die Haut sah straff und tadellos aus.

»Ist das mein Baby? Mein blindes Baby?«

Sie stürzte auf Jonathan zu, schlang ihre Arme um ihn und stieß ihn dabei in das Apartment zurück. Sie brach in Tränen aus. »Wie konnte das passieren? Wie konntest du in so jungen Jahren dein Augenlicht verlieren?«

Jonathans Gesicht war von Gefühlen verzerrt. Er tätschelte ihre Schulter und löste ihre Hände von sich. »Das ist schon lange her, Mutter. Ich habe mich inzwischen daran gewöhnt.«

»Ich aber nicht! Ich durfte dich ja nicht sehen …« Ihre Tränen versiegten plötzlich, als wäre ein Hahn zugedreht worden, als sie Lupe ins Auge fasste. »Ist das dein Dienstmädchen?«

»Ich habe es dir ja gesagt«, wandte sich Jonathan an Lupe. »Nein, das ist meine Freundin Lupe. Sie ist mir eine echte Hilfe.«

»Ein Kind? Ich hoffe, du hast keine unangemessene Beziehung mit ihr.«

»Nein, Mutter. Natürlich nicht. Außer wenn Staubwischen in meinem Apartment für dich unangemessen ist. Komm rein und setz dich.«

Belle stolzierte hinein und sah sich mit offenkundigem Widerwillen im Apartment um. »Es ist so klein hier!«

»Mir genügt es. Kann ich dir etwas anbieten? Lupe hat köstliche Horsd'œuvres mitgebracht.«

Belle setzte sich vorsichtig auf das Sofa. »Ich hätte gern ein einfaches Wasser, wenn du das erübrigen kannst. Ich muss nämlich auf mein Gewicht achten.«

Jonathan setzte sich ihr gegenüber. »Und, wie geht es dir? Und Vater?«

Belle schnaubte. »Wenn du wirklich neugierig wärst, hättest du dich mit uns in Verbindung setzen können.«

»Ich hatte einige Angelegenheiten zu erledigen.«

»Ja, das kann ich mir vorstellen. Und was ist mit deinem Freund, diesem Georgie-Typ?«

»Er ist vor Jahren gestorben. Das sagte ich dir bereits. Alle meine guten Freunde sind damals um diese Zeit herum gestorben.«

Belle schauderte. »Von diesem scheußlichen Virus. Aber ich habe immer gesagt, bei einem solchen dekadenten Leben …«

Lupe unterbrach sie: »Mr Jonathan hat viele neue Freunde hier im Haus. Sie treffen sich heute direkt nebenan.« Sie öffnete die Tür, lief hinüber und stieß die Tür ihrer Großeltern auf. Das Apartment war vollgestopft mit sämtlichen Senioren aus der Nachbarschaft – sie saßen alle auf Klappstühlen und spielten Bingo.

»¡*Hola*!«, riefen einige laut Lupe zu.

Belle verdrehte die Augen. »*Das* sind deine Freunde? Sie scheinen ja uralt zu sein! Und sprechen spanisch! Du hängst jetzt also mit Kindern und alten illegalen Einwanderern herum?«

Jonathan starrte auf den Boden, auf seiner Stirn war eine Ader erschienen, die Lupe noch nie gesehen hatte.

Trotz ihrer Einwände biss Belle in einen der Nachos hinein und hatte bald die Hälfte davon weggeputzt, während sie pausenlos tratschte.

»Und Sara Evans – du weißt, sie war die Letzte von uns außer mir, die nicht geschieden war –, jedenfalls, kaum war ihre Scheidung durch, da wurde bei ihr ein Gehirntumor festgestellt! Und noch nicht einmal einer, den man heilen kann. Ich sagte …«

»Ich erinnere mich schwach an Sara. Sie hatte diese schreckliche Schönheitsoperation an den Ohren.«

»Genau die. Du solltest sie jetzt mal sehen – ihre Augenlider sehen geschmolzen aus, wie Kerzenwachs. Sie hat sich dieser neuen Behandlung unterzogen, bei der man die Haut erhitzt und sie dann angeblich strafft. Aber ich sage immer, lieber eine altmodische Gesichtsstraffung, als diese neumodischen Verfahren auszuprobieren. Sie bewirken nie, was sie großartgig versprechen. Und die Kosten …«

»Was ist mit Vaters Herz?«

Durch diese Frage aus der Bahn geworfen, schüttelte Belle den Kopf und schaute grimmig drein.

»Sieht nicht gut aus. Er ernährt sich nicht vernünftig. Er kann seine Fettzufuhr nicht kontrollieren. Der Mann ist fünfundachtzig Jahre alt und in seinen Gewohnheiten völlig festgefahren. Ich kann ihm also nicht sagen, was er tun soll. Bei euch Kindern ist es ja nicht anders. Da wir schon mal dabei sind, ich höre *nie* etwas von deiner Schwester. Wenn ich an das Geld denke, das ich in ihre Ausbildung investiert habe, dann haut mich diese Undankbarkeit einfach um. Nicht dass ich erwarte, das Geld zurückzubekommen, aber ich erwarte doch ein gewisses Maß an Respekt. Und *deine* Ausbildung – tja, wir wären Millionäre, wenn wir …«

»Ich glaube, die Gebühren für die Kunstschule sind bereits vollständig zurückgezahlt«, meinte Jonathan trocken.

»Das ist Ansichtssache«, schnaubte Belle.

Lupe, die bei ihnen aufräumte, sagte: »Mr Jonathans Bilder sind sehr berühmt.«

»Na ja, niemand, den *ich* kenne, hat je von ihm gehört.« Belle sah Lupe argwöhnisch an. »Bist du dir sicher, dass nichts Unangemessenes zwischen euch beiden läuft?«

»Mr Jonathan, was bedeutet *unangemessen*?«

»In diesem Fall bedeutet es von Wahnsinn berotzt.«

Belle lachte. »Ha! Das sagt echt der Richtige.«

»Mutter«, unterbrach Jonathan, »wie lange, glaubst du, ist es her, seit ich dich das letzte Mal gesehen habe?«

Belle rieb sich die Schläfe. »Oh, ich weiß nicht. Viele Jahre …«

»Nun, offensichtlich war das nicht lang genug«, sagte Jonathan.

Seine Mutter starrte ihn mit ihrem gewohnt lieblosen Blick an.

»Ich habe zugelassen, dass du zu mir auf Besuch kommst, obwohl mir mein Bauchgefühl etwas anderes sagte. Aber es war richtig von mir, dir aus dem Weg zu gehen. Du bist so voller Negativität, und ich kann es mir einfach nicht mehr leisten, deiner Energie ausgesetzt zu sein …«

»Meine *Energie*? Das tut mir leid. Ich bin einfach ich selbst.«

»Ich weiß, wer du bist. Aber wer du bist und wer ich bin, das ist einfach nicht vereinbar. Wir sollten es einfach dabei belassen. Ich muss dich bitten zu gehen.«

»*Gehen*? Ist das dein Ernst? Mein Flugzeug geht aber erst in ein paar Stunden. Was soll ich denn machen?«

»Ja, es ist mein Ernst. Hier in der Nähe gibt es ein Einkaufszentrum. Da findest du sicher etwas …«

Belle öffnete den Mund und schloss ihn dann wieder. Sie nahm ihre Handtasche, erhob sich und sah sich noch einmal im Apartment um. »Dein Vater hat mich gewarnt, dass es keine gute Idee wäre, dich zu besuchen. Ich hätte auf ihn hören sollen. Aber ich werde ihm nicht erzählen, wie tief du gesunken bist. Er würde mir das niemals glauben.«

»Sag ihm, was immer du möchtest, Mutter. Er ist es, den ich gern gesehen hätte. Ich werde dir ein Taxi rufen.«

»Nicht nötig.«

»Lupe, würdest du bitte meine Mutter hinausführen?«

»Ich brauche von euch beiden keine Hilfe«, sagte sie und sah Lupe mit zusammengekniffenen Augen an.

Dann ging sie und schlug die Tür hinter sich zu. »Noch nie in meinem Leben bin ich so gedemütigt worden!«, sagte sie die Stufen hinunterstampfend.

Jonathan stand am Fenster, bis sie nicht mehr zu hören war.

»Mr Jonathan, alles in Ordnung mit Ihnen?«

»Ich habe es nicht für möglich gehalten, dass sie schlimmer ist, als ich sie in Erinnerung habe, aber das ist sie. Ich hatte gehofft, dass ich es in meinen Gedanken übertrieben hätte.«

»Sie hat bestimmt ihre guten Seiten«, sagte Lupe schwach.

»Nenn mir eine.«

Lupe schwieg zu lange. »Ihre Handtasche war schön, ihre Schuhe auch.«

Jonathan lachte. »Ich glaube, du solltest mich besser eine Weile allein lassen.«

Lupe verließ das Apartment und schloss die Tür hinter sich.

9

Als Jonathan am nächsten Tag von seinem monatlichen Arztbesuch zurückkam, hörte er Salsa-Musik aus dem oberen Fenster schmettern. Mürrisch ging er die Stufen hoch und blieb dann auf dem Treppenabsatz stehen. Die Musik kam nicht aus dem Apartment der Saldanas, wie er vermutet hatte, sondern aus seinem. Die Tür war nicht einmal ganz geschlossen. Er ging hinein und hörte schlurfende Schritte.

»Lupe! Was ist hier los?«

Die Musik wurde leiser gemacht. »Tut mir leid, ich wusste nicht, dass Sie schon so früh zurück sein würden. Ich war dabei, schlechte Energien mit der Musik zu vertreiben. Erinnern Sie sich daran, was ich Ihnen erzählt habe, was Großvater immer sagt – über Musik und Liebe?«

»Und was sagt dir dein Großvater über Beschwerden bei der Polizei?«

»Es war doch nicht so laut. Wie war Ihr Arzttermin?«

»Wie immer. Es ist immer das Gleiche.«

»Nein, Sie werden wieder gesund. Das spüre ich.«

»Von dem, was ich habe, wird man nicht wieder gesund.«

»Das glaube ich nicht.«

Sie stellte die Musik wieder lauter, aber nicht so laut wie zuvor.

»Lupe ...«

»Zum einen bekommen Sie nicht genug Bewegung«, sagte sie. »Na los, lassen Sie uns tanzen. Ich habe gerade schon geübt. Folgen Sie mir.« Sie ergriff seinen Arm und begann, ihn quer durch den Raum zu ziehen. »Ich führe. Sie folgen mir.«

»Lupe, ich kann nicht sehen. Ich kann nicht mit dir tanzen.«

»Okay, dann halten Sie einfach meine Hand fest, dann können Sie spüren, was ich tue.«

»Ich spüre genau, was du da tust – du treibst mich in den Wahnsinn.«

Aber sie ließ Jonathans Hand nicht los, während sie sich um ihn herumbewegte.

»Ich komme mir vor wie ein Maibaum«, sagte er.

»Was?«

»Schon gut.«

Das Lied schien gar nicht mehr aufzuhören, und als es dann schließlich endete, ließ Jonathan los. »Allein deine Gegenwart macht mich völlig fertig.«

»Es kommt noch eins«, sagte sie, und tatsächlich wechselte die Musik. »Cha-cha-cha.«

Lupe nahm wieder seine Hand und begann wild um ihn herumzutanzen.

Jonathan sagte: »Georgie tanzte liebend gern Cha-cha-cha. Er versuchte immer, mich dazu zu bringen, mit ihm zu tanzen.«

»Sie haben also nicht einmal getanzt, als Sie noch sehen konnten?«

»Nein, es ist einfach nicht mein Ding. Es ist so … Ich weiß nicht … öffentlich.«

»Und was ist daran schlimm?« Lupe japste nun nach Luft. »Das ist ein sehr gutes Training für Ihren Körper. Und auch für Ihren Geist.«

Die Apartmenttür schwang auf. Lupes Großmutter und mehrere Nachbarn standen draußen im Flur und sahen zu.

Als das Lied zu Ende war, gab es einen kurzen Beifall vom Flur, der sie beide erschreckte.

Jonathan sagte: »Ich wusste nicht, dass wir Zuschauer haben. Beim nächsten Mal sollten wir Geld verlangen.«

Lupe lachte und fächerte sich mit einer Hand Luft zu. »Es ist hier so heiß. Ich gehe jetzt lieber.«

* * *

Später in der Woche klingelte es, und Jonathan drückte die Tür auf, da er eine Lieferung erwartete.

Aber als er die Apartmenttür öffnete, stutzte er und stand lange schweigend da.

»Carla? Was ist los, ist das die Woche der Familienbesuche?«

»Ich dachte, du bist blind. Wieso weißt du, dass ich es bin?«

»Das ist der Familiengeruch. Mutter war erst vor ein paar Tagen hier, darum hängt er mir noch frisch in der Nase – oder im Kopf oder was auch immer.«

»Habe ich gehört. Sie rief mich danach sofort an, natürlich völlig hysterisch.«

»Wer ist bei dir?«

»Woher weißt du …?« Carla lächelte. »Dein Neffe, mein Sohn. Rodney, das ist mein Bruder.«

»Ich wusste gar nicht, dass du einen Sohn hast.«

»Zwei, genau genommen. Der andere, Teddy, ist auf dem College.«

Rodney trat vor, schlank und mit blassem Gesicht, und gab Jonathan die Hand. Jonathan hielt sie einige Minuten lang fest, und langsam breitete sich ein Lächeln über sein Gesicht aus.

»Ich freue mich, dich kennenzulernen, wirklich. Du bist einer der wenigen Menschen, die etwas von meiner DNA besitzen …«

»Erschreck ihn nicht zu Tode, Jonathan«, sagte Carla. »Können wir reinkommen?«

»Natürlich.«

Sie traten ein und setzten sich ins Wohnzimmer.

»So«, sagte Carla.

»Ja, so. Warum bist du hier?«

»Geradeheraus wie immer. Nun, nachdem Mutter von dir erzählt hatte, habe ich dich nicht mehr aus dem Kopf bekommen. Ich dachte immer, du wärst so erfolgreich und beschäftigt. Aber das, was sie sagte, ließ darauf schließen, dass du viel allein bist, mit deinem … Leiden …«

»Du meinst meine Erblindung.«

»Ja.«

»Na ja, das stimmt. Ich bin viel allein. Und es freut mich wirklich sehr, dass du gekommen bist, Carla. Erzähl mir, was du die ganze Zeit gemacht hast.«

»Oh, nicht so viel. Ich habe geheiratet. Ich habe die Jungs bekommen. Ich habe mich scheiden lassen.« Sie lachte. »Das alte Lied.«

»Rodney, wie alt bist du?«

»Neunzehn.«

»Ehrlich gesagt, ich habe gedacht, es könnte gut für Rod sein, dich kennenzulernen. Tatsächlich erinnert er mich sehr an dich. Er mag Design und Mode und das alles. Und das hat er mit Sicherheit nicht von mir.«

»Aber vielleicht von seinem Vater?«

Carla lachte wieder und winkte mit der Hand. Als ihr einfiel, dass er sie nicht sehen konnte, sagte sie: »Wohl kaum. Er war ein Sportfanatiker. Und mein ganzes Arbeitsleben spielt sich in Banken ab, Buchhaltung, also irgendetwas Kreatives kann er bestimmt nicht von mir haben.«

Der Junge errötete, sah auf seine Schuhe hinab.

»Also, Rodney, ich habe alle möglichen Design- und Modebücher, du kannst sie dir gern ausleihen.«

Rodney gab einen leisen Ton der Zustimmung von sich. Er schien die personifizierte Verlegenheit zu sein.

»Warum schaust du dich nicht einfach um? Es gibt hier bestimmt einiges, was du interessant findest.«

Rodney erhob sich und ging in die Diele, wo die Bücher standen. Carla räusperte sich.

»Um die Wahrheit zu sagen, Jonathan, Mutter und ich kommen immer noch nicht miteinander aus. Sie fand meine Scheidung skandalös, und die Jungs halten es nicht bei ihr aus. Ich bin einundfünfzig Jahre alt, und abgesehen von Papa bist du der einzige enge Verwandte, den ich habe.«

»Weißt du, wie sich deine Stimme anhört? Wie die von Tante Margaret«, sagte Jonathan.

»O mein Gott, wirklich?«

»Ja, ist das nicht komisch? Weißt du, das Bild von dir, das sich mir am stärksten eingeprägt hat, ist das, als wir mal zu einem Volksfest gegangen sind, als wir klein waren. Mutter hatte dir ein

Matrosenkostüm aus Tupfenmull und Lacklederschuhe angezogen. Es muss so um Ostern herum gewesen sein.«

Carla lachte. »Daran kann ich mich auch noch erinnern. Noch so eines ihrer blöden abgestimmten Outfits. Das war immer ihre größte Sorge, dass unsere Kleidung zusammenpasste.«

»Macht es dir etwas aus, wenn ich dein Gesicht fühle?«, fragte Jonathan. »Ich bin neugierig.«

»Nein, nur zu.«

Jonathan stand auf und fuhr mit den Fingern über das Gesicht seiner Schwester.

»Ich bin alt geworden«, sagte sie.

»Na ja, ich auch.«

»Um ehrlich zu sein, du siehst besser aus, als ich erwartet habe.«

»Danke – wahrscheinlich«, sagte Jonathan.

»Also, wie ich bereits sagte, ich würde gern eine Art Beziehung aufbauen, wenn du daran interessiert bist. Ich meine nichts Großes – einfach nur in Verbindung bleiben, weißt du? Ich wohne nur etwa zwanzig Minuten von hier entfernt.«

»Ich dachte, du lebst in Seattle.«

Sie lachte. »Das war vor Jahren.«

Jonathan seufzte. »Weißt du, das würde ich auch gern. Es wird mir nie gelingen, mit Mutter klarzukommen, aber Dad würde ich sehr gern wiedersehen.«

»Vielleicht kann ich was arrangieren.«

»Das wäre großartig.« Plötzlich füllten sich Jonathans Augen mit Tränen. »Ich …«

Carla setzte sich neben ihn. »Oh, ich wollte dich nicht aus der Fassung bringen.«

»Ist schon in Ordnung.«

Rodney stand in der Tür. »Was ist los?«

Carla erhob sich. »Onkel Jonathan hat nur seine Gefühle gezeigt.« Sie trocknete sich die Augen. »Ich denke, wir sollten jetzt lieber gehen. Kann ich deine Nummer haben?«

»Sicher – sie steht auf dem Telefon.«

Carla schrieb sich die Nummer auf, dann umarmte sie Jonathan. »Ich werde mich bei dir melden. Ich bin froh, dass ich gekommen bin.«

»Ich auch. Es hat mich gefreut, dich kennengelernt zu haben, Rodney. Komm ruhig wieder, wann immer du willst.«

Lupe kam zur Tür herein, gerade nachdem sie aufgebrochen waren.

»Wer ist das, Mr Jonathan?«

»Meine Schwester und ihr schwuler Sohn.«

»Wirklich?«

»Ja. Ich weiß nicht mal, ob ihr das klar ist. Aber er weiß es. Ist das kein Wunder?«

»Heißt das, dass Sie sich darüber freuen?«

»Ja, ich freue mich. Ich weiß nicht genau, warum, aber ich freue mich.«

* * *

Jonathan deckte den Tisch mit einem antiken Teeservice aus feinem Porzellan, als Lupe mit einer Tüte voller Lebensmittel durch die Tür trat.

»Ich habe alles bekommen, was Sie wollten – Tee, Cookies …«

»Welche Sorte?«

»Milano.«

»Hervorragend. Und Zitronen?«

»Ja, habe ich auch.«

»Nun, dann hol sie mal raus, und ich zeige dir, wie ich sie geschnitten mag.«

Fünfzehn Minuten später saßen sie gemeinsam am Esstisch und tranken Tee. Auf dem Tisch lag ein Leinentischtuch, das Lupe genau nach Jonathans Anweisungen gebügelt hatte. Die dazu passenden Servietten waren gestärkt und gefaltet. Das Teeservice war mit Goldrand und reliefartig erhabenen blauen Stiefmütterchen versehen. Mitten auf dem Tisch stand eine Vase mit frischen Hortensien und Pfingstrosen. Lupe lief ständig aus dem Zimmer und wieder hinein und bewunderte den Anblick von allem.

»Es sieht alles so schön aus. Ich finde, wir sollten es nicht benutzen. Ich wünschte, Sie könnten das sehen.«

»Ich kann es vor meinem geistigen Auge sehen, wie du sagen würdest. Ich habe auf diese Weise schon viele Male Tee getrunken, bevor ich blind wurde.«

Jonathan goss ganz vorsichtig ein. Lupe half ihm, indem sie die Tassen näher zu ihm heranschob.

»Wie viel Zucker nimmst du im Tee?«

»Eh … zwei? Ich habe noch nie so einen Tee getrunken – nur Eistee.«

»Kaum zu glauben. Egal, Georgie nahm zwei – manchmal drei.«

»Deswegen war er so süß. Wie viel Zucker nehmen Sie?«

»Ich brauche keinen Zucker. Ich nehme nur eine Scheibe Zitrone.«

»Hah! Darum sind Sie so sauer.«

Jonathan verzog das Gesicht, dann goss er ihr Tee ein.

»So, dann erzähl mir mal mehr über dieses *Quinceañera*-Kleid, von dem du ständig sprichst.«

Lupes Gesicht erhellte sich, als sie lebhaft zu reden begann. »Ich weiß genau, was ich will. Ich träume sogar schon davon. Vor allem mag ich keine schulterfreien Kleider. Ich möchte kleine schmale Satinträger und viele Stickereien auf dem *Corpino*.«

»Was ist ein *Corpino*?«

Verärgert über die Unterbrechung antwortete Lupe: »Die Korsage. Sie wissen wirklich überhaupt nichts. Und dann auf dem ausgestellten Rock Spitzenborte und Perlenstickereien. Ich bin mir aber noch nicht sicher, welche Farbe und welcher Stoff. Aber es sollte etwas Helles sein, denn es soll wie ein Hochzeitskleid aussehen.«

»Ein Freund von mir hat eine Stoffboutique.

Früher habe ich alles bei ihm gekauft, als ich noch einen Schneider hatte. Er bekommt Stoffe aus aller Welt – die besten. Wir könnten sie uns ja mal ansehen.«

»Können wir? Wann?«

»Wann immer du möchtest …«

»Wie sieht es morgen aus?«

»Sicher, aber wird sich die Mode nicht in drei Jahren ändern?«

»Die *Quinceañera*-Mode verändert sich nie. Immer sehr elegant. Einige Mädchen tragen sogar ein Diadem.«

Jonathan prustete, und Tee lief ihm aus der Nase. »Ein Diadem? Na, das ist aber kitschig.«

Lupe lächelte verschwörerisch. »Ich weiß. Aber ich weiß auch noch nicht, ob ich einen Schleier tragen soll. Was meinen Sie?«

Jonathan sagte: »Ich finde nicht. Schleier sind dazu da, um sich zu verstecken. Du jedoch bist hübsch. Das habe ich dir ja schon gesagt.«

»Sie sind der Einzige, der das findet. Die Mädchen in der Schule – besonders eine, sie heißt Brie – sie behandeln mich, als ob ich hässlich wäre.«

»Brie? Sie heißt wie ein Käse? Was zur Hölle weiß sie denn überhaupt? Sie hört sich an wie ein kleiner Schnösel. Beschreib sie mir.«

»Na ja, sie sieht perfekt aus, ich meine, für unsere Schule. Langes blondes Haar mit Strähnen in verschiedenen Schattierungen, zurückgekämmt zu einem langen Pferdeschwanz. Und diese kleine Nase, sie ist nach oben geschoben – wie nennt man das?«

»Schweinsnase?«

»Nein, Knollennase, glaube ich. Und ihre Haut ist perfekt und immer gebräunt, auch wenn die Sonne nicht scheint, und sie und ihre Mutter kleiden sich ähnlich, in kurzen Shorts und engen bauchfreien Tops. Und sie sind reich.«

»Ich hasse beide jetzt schon. Das hört sich ja alles entsetzlich an.«

»Aber davon abgesehen glaube ich, ist Brie ganz in Ordnung. Auf jeden Fall weiß ich, dass ich ihre Freundin sein werde.«

»Und warum das?«

»Weil ich jeden Tag die Augen zumache und dann dieses Bild im Kopf habe, dass wir Freundinnen sind.«

»Und du glaubst, das funktioniert?«

»Ich weiß es.«

»Ich verstehe nicht, warum du dich mit so jemandem wie dieser Brie abgeben willst. Wetten, dass du sowieso hübscher bist als sie? Du bist genau das, was man eine … Ballkönigin nennen würde.«

»Heißt das, dass man dann hübsch ist?«

»Oh ja, hübsch und … elegant.«

Lupe lächelte. »Ich mag Ihre Teestunde.«

»Weißt du, wer es gerne mochte, wenn mein Freund und ich Tee tranken? Beau.«

»Ihr Hund?«

Jonathan nickte.

»Hat Beau damals noch gelebt, als Ihr Freund gestorben ist?«

»Er ist drei Monate danach gestorben. Ich habe es bemerkt; er stand Georgie so nahe. Eines Tages hörte er auf zu fressen, und am nächsten Tag stand er nicht mehr auf. Kurz danach verließ er mich, genauso wie mein Freund. Es war so ungefähr der schlimmste Tag meines Lebens. Und dann war ich an der Reihe.«

»An der Reihe?«

»Mein Freund, mein Hund, mein Augenlicht, meine Karriere.« Er schnalzte mit den Fingern. »Im Nu vorbei. Aber ich habe immer noch dieses entzückende Teeservice, das ich seit Jahren nicht mehr benutzt habe. Und ich verdiene immer noch Geld mit meinen Kunstdrucken, Gott sei Dank.«

»Malen Sie noch Bilder im Kopf?«, fragte Lupe.

»Wie meinst du das?«

»Stellen Sie sich noch vor, sie zu malen?«

»Nein, ich habe keine inneren Bilder mehr.«

»Vielleicht ist das das Problem. Wenn Sie …«

Jonathan unterbrach sie, sein Gesichtsausdruck war finster. »Oh ja, ich verstehe. Es ist alles meine Schuld. Ich bin schrecklich. Ich mache etwas falsch. Darum bin ich wohl auch blind.«

»Das sollten Sie nicht sagen. Es gibt so kleine Teilchen in der Luft, die hören, was wir sagen.«

»Wo hast du denn diese bescheuerten Ideen her?«

Lupe ignorierte ihn und beugte sich vor.

»Es sind kleine Moleküle. Wenn wir etwas sagen, wird das an sämtliche Moleküle auf der ganzen Welt weitergegeben. Und sie alle arbeiten zusammen, um das zu verwirklichen, was wir sagen.«

»Dann danke ihnen dafür, dass sie mich blind gemacht haben.«

»Wenn Sie es malen oder sagen, dann wird es geschehen«, fuhr Lupe unbeirrt fort. »Deswegen sollten Sie nicht fluchen oder negative Wörter sagen. Und die Bilder in Ihrem Kopf sind noch stärker. Wir malen mit ihnen die Zukunft.«

Jonathan schwieg lange Zeit. »Das ist das Lächerlichste, was ich je gehört habe.«

»Nun, ich glaube daran«, sagte Lupe und erhob sich. »Und außerdem sind Sie kein schrecklicher Mensch. Ein schrecklicher Mensch wäre nicht zu meinem Konzert gekommen.«

Bevor er antworten konnte, ging sie zur Tür hinaus.

10

Am nächsten Nachmittag wartete Jonathan am Türeingang auf sie.

»Okay, wir sehen uns heute Stoffe an. Ich habe meinen Freund angerufen.«

»Ich dachte, Sie wären sauer auf mich.«

»Ich kann leider nicht lange auf dich sauer sein. Komm jetzt. Das Taxi habe ich schon bestellt.«

William wartete bei laufendem Motor neben dem Taxi.

»Hi, William«, sagte Jonathan, als sie einstiegen. »Wir wollen zur ›Wide World of Fabric‹. Weißt du, wo das ist?«

»Sicher. *Hola*, Lupe. Wie geht es deinem Großvater?«

»Ganz gut für einen alten Mann – das sagt er jedenfalls immer.«

»Schön, schön.«

William trat aufs Gas, sodass sie in den Sitz gepresst wurden.

Sie hielten vor einem Geschäft an mit einem Schaufenster, in dem Unmengen von Braut- und

Ballkleidern ausgestellt waren. Lupe war sofort fasziniert.

»Ooh, schauen Sie sich das pinkfarbene an. Ich liebe es«, sagte sie beim Aussteigen.

»Eigentlich wollte ich, dass du hier auf uns wartest, William, aber es könnte sein, dass wir die ganze Woche da drin sind«, sagte Jonathan. »Ich rufe an, wenn du uns abholen kannst.«

William salutierte.

»Da ist er ja!« Ein beleibter Mann mittleren Alters mit einem Maßband um den Hals erschien aus den hinteren Räumen. »Und wie geht es dir, Johnny? Es ist so schön, dich zu sehen.«

»Leo.« Jonathan bückte sich und küsste den kleinen Mann nach europäischer Art auf beide Wangen. »Das ist meine Freundin Lupe, von der ich dir erzählt habe. Sie möchte sich Stoffe für ein ganz besonderes Kleid ansehen.«

»*Muy buena*! Hallöchen, meine Liebe«, grüßte Leo sie und nahm ihre Hand. »Ich habe schon eine Auswahl bereitgelegt.«

Er führte sie in einen Raum, in dem Dutzende von Stoffmustern in den Regenbogenfarben geordnet ausgelegt waren.

»Wofür ist dieses Kleid?«

»Für meine *Quinceañera.*«

»Ein ganz großer Tag. Nun, wir haben alles da, Schnitt- und Stoffmuster in Hülle und Fülle.«

»Ich habe noch nie so viele Stoffe gesehen! So wunderschön. Und die Perlen und Pailletten!«

Lupes Augen funkelten, als sie im Kreis herumging und die Stoffe berührte, als wäre es Gold.

Während sie jeden einzelnen befingerte, leierte Leo die Gewebearten herunter: »Lamé, Chiffon, Satin, Seide, Tüll, Organza, Taft, Spitze.«

Für Lupe klangen die Namen wie ein Lied.

»Oh, ich liebe sie alle, aber ich glaube, dieser hier ist der beste.«

Sie blieb vor einem Chiffon im hellsten Blauton stehen. Dann untersuchte sie Perlen und Stickereien mit Silberfäden. »Einige Mädchen tragen knallige Farben, aber ich möchte es ganz hell haben, wie ein Brautkleid.«

»Eines Tages wirst du auch heiraten«, sagte Jonathan.

»Ich weiß es nicht«, sagte Lupe.

»Warum nicht?«

»Sie haben nicht geheiratet.«

»Na ja, ich bin anders.«

»Vielleicht bin ich auch anders.«

Jonathan lachte.

»Lassen wir es erst mal dabei bewenden. Leo soll dich mit dem Stoff drapieren, dann siehst du, ob die Farbe dir steht.«

Lupe ging mit Leo in die Umkleidekabine und kam mit einer Stofflänge für ein Kleid um sich herumgewickelt wieder zurück. Sie stellte sich vor Jonathan hin und wartete.

»Ich bin da«, sagte sie.

»Ich weiß.« Er war einen Moment still. »Es gibt Zeiten, in denen ich mir wirklich wünsche, dich sehen zu können.«

»Ich auch.«

»Sieh dich an und beschreibe es mir.«

Lupe betrachtete sich in dem dreiteiligen Spiegel. Sie drehte sich in alle Richtungen. »Ich brauche Ihre Hilfe.«

»Nein, die brauchst du nicht. Du kannst es mir selbst sagen. Frag Leo, wenn du dir nicht sicher bist.«

Leo sagte: »Sie sieht mit dieser Farbe sehr schön aus. Wir nennen sie Wolkenblau, der Stoff schimmert ein bisschen und ist die perfekte Ergänzung zu ihrer Haut. Ich empfehle ihn.«

»Na, da haben wir es doch. Möchtest du ihn jetzt kaufen?«

»Ich denke schon. Ich muss nachsehen, ob ich genug Geld gespart habe.«

»Vergiss nicht, du brauchst ihn eine ganze Weile nicht«, sagte Jonathan.

»Ich weiß, aber ich muss es planen. Es ist mein wichtigstes Zukunftsereignis. Ich muss es vor meinem geistigen Auge sehen.«

»Leo, zeig ihr einige Schnittmuster und rechne aus, wie viel es kosten wird.«

Leo sagte: »Ich nehme erst mal deine Maße, Lupe. Dann können wir den Schnitt aussuchen, den du haben möchtest, und noch ein wenig aufschlagen, weil du ja noch wachsen wirst.«

Jonathan saß auf einem Stuhl und wartete, dass sie aus der Umkleide zurückkamen.

* * *

Lupes Stimme klang niedergeschlagen. »Mir fehlen 380 Dollar«, erklärte sie, als sie zurückkamen.

»Ich dachte, ich hätte genug, aber man braucht so viel Stoff. Ich werde wohl noch warten müssen.«

»Nein, wirst du nicht. Ich werde es bezahlen, Leo.«

»Mr Jonathan, Sie können nicht …«

»Wer sagt das?«

»Meine Großmutter wird …«

»Ich werde es deiner Großmutter erklären.«

»Nein, ich …«

»Lupe, wir kaufen den Stoff. Leo, pack alles ein und schick es zu meinem Apartment.«

»Danke«, sagte Lupe feierlich. »Aber ich werde es Ihnen zurückzahlen. Ich schwöre es Ihnen, das werde ich. Und von jetzt an werde ich doppelt so viel arbeiten.«

»Bitte nicht«, sagte Jonathan. »Du wirst mich in den Wahnsinn treiben.«

* * *

Später an diesem Abend hörte Jonathan gerade die Nachrichten, als das Telefon klingelte.

»Hallo?«

Eine lange Pause und dann: »Johnny? Sohn?«

Jonathan sank in den Stuhl neben dem Telefon. Ihm war, als hätte man ihm die Knochen aus dem Körper entfernt.

»Bist du noch dran?«, fragte die Stimme.

»Dad«, sagte er schließlich. »Nach dieser ganzen Zeit kann ich es nicht fassen, wie viel Familienkram diese Woche abläuft.«

»Na ja, das ist wohl meine Schuld. Deine Mutter sagte mir, du hättest eine Geheimnummer und es wäre dein Wunsch, dass keiner von uns dich anrufen soll.«

»Was? Das stimmt überhaupt nicht.«

»Ich hätte Nachforschungen anstellen sollen. Ich hätte sie nicht beim Wort nehmen müssen.«

Jonathan seufzte und verstummte dann wieder. Er hatte das Gefühl, als könnte sein Mund nicht die richtigen Wörter hervorbringen. »Wie geht es dir? Mutter sagte, dein Herz macht nicht mehr so mit.«

»Tja, ich bin fünfundachtzig. Aus dem Grund rufe ich dich an. Ich wollte von dir hören, solange noch Zeit ist.«

»Es gab eine Zeit, als ich viel zu erzählen hatte, aber das hat sich geändert«, sagte Jonathan. »Wie du ja weißt, bin ich blind – und ich bin ziemlich viel allein hier. Ich kann nicht malen oder etwas anderes tun. Es ist nicht sehr schön.«

Sein Vater sagte: »Ich weiß, was du meinst. Ich kann auch nicht viel tun. Ich habe sofort Angina, sobald ich mich ein bisschen anstrenge. Und außerdem hält mich Belle an der kurzen Leine.« Er schnaubte wieder. »Ich habe gehört, du wohnst direkt neben dem Mission District.«

»Ja, eigentlich mittendrin. Die meisten meiner Nachbarn sind spanischer Herkunft. Es ist in Ordnung, wirklich.«

»Ich war schon seit Jahren nicht mehr da. Deine Mutter hat eine Heidenangst davor, obwohl ich weiß, dass sie dich trotzdem besucht hat.« Er hielt inne und räusperte sich.

»Gibt es etwas Bestimmtes, weswegen du mich anrufst, Dad?«

»Ich denke, weil ich dir sagen möchte, wie leid es mir tut, dass ich kein besserer Vater war. Du warst so anders, und deine Mutter kam damit ja überhaupt nicht klar, darum ließ ich sie bestimmen, so, wie ich ihr bei allem die Führung überließ. Ich habe mir so viele Jahre von ihr sagen lassen, was ich fühlen und denken soll, und jetzt ist mein Leben fast vorüber. Ich hätte dir eine größere Hilfe sein sollen, besonders als du dein Augenlicht verloren hast. Aber eine Sache, die ich tun kann, ist, dich in meinem Testament zu bedenken. Du sollst wissen, dass du nach meinem Ableben eine stattliche Summe erhältst …«

»Dad, ich will nichts …«

»Nein, ich will das so.«

»Wirklich, ich hätte *dir* Geld geben sollen. Ich bin es, der Geld gemacht hat.«

»Jonathan, keine Diskussion. Deine Mutter weiß nichts davon, und sie braucht es auch nicht zu wissen. Ich habe vierzig Jahre lang einen Job gemacht, den ich hasste. Jetzt tue ich das, was ich will.«

Wieder verstummten beide.

»Möchtest du, dass wir uns mal treffen?«, gelang es Jonathan zu fragen.

»Ich glaube nicht, dass es mir gesundheitlich besser gehen wird«, antwortete sein Vater leise. »Es wäre zu anstrengend für mich – mein Herz, wie ich dir schon sagte.«

»Ja. Ich weiß auch nicht, wie stark meins ist.«

Beide atmeten ein und aus.

»Danke, Dad. Wirklich.«

Plötzlich war die Leitung tot.

Jonathan hielt den Hörer noch eine Weile in der Hand, dann legte er auf.

* * *

Später in dieser Woche fuhr Lupe mit dem Fahrrad zum Lebensmittelladen, als sie ganz plötzlich bremste. Sie musste zweimal hingucken. Im Vorgarten von Bries viktorianischem Haus steckte ein Verkaufsschild. Lupe stand so lange da, dass die Spitzengardinen zurückgezogen wurden. Bries Mutter lugte hinaus, dann zog sie die Gardinen wieder dicht zu.

Wieder auf dem Fahrrad, geriet Lupe mitten in einen Leichenzug. Wie sehr sie sich auch bemühte, sie kam da nicht wieder heraus. Sie kam nicht an dem Bestattungswagen vorbei, in dem ein Sarg durch die getönten Scheiben zu sehen war, gefolgt von ganzen Wagenladungen von älteren Frauen, die hemmungslos weinten. Da sich der Zug so weit erstreckte, wie sie sehen konnte, stieg sie vom Fahrrad und schloss sich mit gesenktem Kopf dem Zug an.

Schließlich bog die Autoschlange nach rechts zum Friedhof ab, und sie stieg wieder aufs Fahrrad und fuhr geradeaus weiter.

Am nächsten Tag lag Jonathan auf der Coach und hörte Nachrichten, während Lupe Lebensmittel wegpackte.

»Mr Jonathan, gehen Sie denn zu dem Friedhof, wo Ihr Freund begraben liegt?«

»Woher weißt du, dass mein Freund begraben wurde. Er könnte auch eingeäschert worden sein.«

»Ich weiß es nicht, ich habe es nur vermutet.«

»Nun, die Antwort ist Nein.«

»Nein was?«

»Ich bin nie zum Friedhof gegangen. Ich kann nicht sehen, falls dir das noch nicht aufgefallen ist. Direkt nach seinem Tod war es zu schmerzvoll für mich, und jetzt ist es zu spät.«

»Wie wäre es, wenn ich Sie hinbringe?«

»Willst du mich auf deinem Fahrrad dorthin kutschieren?«

»Nein, wir fahren mit dem Bus. Ich kenne mich

mit den öffentlichen Verkehrsmitteln aus. Ich könnte Sie begleiten.«

Jonathan schwieg lange Zeit. »Hast du heute noch mehr Milano-Cookies besorgt?«

»Ja, die waren im Angebot. Zwei zum Preis von einem.«

»Gut.« Er schwieg wieder. »Ich denke darüber nach, okay?«

11

Lupe war auf der Mädchentoilette, als sie zufällig Gesprächsfetzen von zwei der populären Mädchen mitbekam, die sich die Hände wuschen.

»Ich habe gehört, Bries Vater wurde gefeuert, weil er in der Arbeit etwas Illegales gemacht hat. Ich weiß nicht genau, was. Aber meine Mama meinte, es wäre ziemlich übel.«

»Verkaufen sie darum das Haus?«

»Ja, und außerdem habe ich gehört, dass sie in ein *Apartment* ziehen müssen. Kannst du dir das vorstellen? Mir ist das ja so was von peinlich …«

Als Lupe aus der Kabine trat, verstummten die beiden Mädchen sofort. Sie trockneten sich die Hände ab und mieden dabei Lupes Blick. Plötzlich kam Brie herein.

»Hey«, sagte sie etwas zaghaft, als die zwei Mädchen schweigend an ihr vorbeihasteten, »geht ihr zwei noch zu Cooper's?«

Die Mädchen verschwanden, ohne ihre Frage zu beantworten.

Brie machte ein langes Gesicht, dann ging sie in eine Kabine und verschloss die Tür.

Lupe stand einen Augenblick lang da und betrachtete eingehend Bries Füße unterhalb der Kabine, dann wusch sie sich die Hände und ging auch.

* * *

Lupe stieg aus einem Stadtbus aus und wartete unten an der Tür. Ein langer Arm streckte sich ihr entgegen, sie griff danach und nahm Jonathans Hand, und nun kam er auch heraus.

Jonathan hatte einen Gehstock dabei, mit der anderen Hand hielt er sich an ihrem Arm fest. Er trug einen hellen Leinenanzug und einen eleganten Hut. Lupe hatte das Blumenkleid an, das sie auch bei dem Chorkonzert getragen hatte. Sie gingen eine Straße hinunter, die zunehmend leerer wurde und teilweise besiedelt war. Auf der rechten Seite stand ein Schild mit der Aufschrift WOODLAWN CEMETERY.

Sie gingen unter einem Steinbogen hindurch, und dann studierte Lupe eine schlecht fotokopierte Karte. »Abschnitt P, Reihe 5.«

Jonathan sprach nicht, hielt sich aber weiter an ihrem Arm fest. Schweigend gingen sie durch eine Grabreihe nach der anderen. Lupe schluckte. Sie war noch nie auf einem solch großen Friedhof gewesen. Sie fand es beunruhigend, dass jedes dieser Gräber ein Menschenleben symbolisierte, das gekommen und wieder gegangen war.

»Es sind so viele – so weit das Auge reicht«, sagte sie.

»Erzähl mir etwas von einigen.«

»Es gibt viele Gedenktafeln … Sie wissen, nur Grabmäler mit dem eingravierten Namen«, sagte Lupe.

»Lies mir einen Namen vor.«

»Okay. ›Geliebter Bruder und Gatte, Marvin Rednick, 1925–1995. Ruhe in Frieden.‹«

»Originell«, sagte Jonathan.

»›Wir lieben dich, Mutter, Sally Dunn, 1909–1999.‹ Das ist ein langes Leben.«

»Zu lang, wenn du mich fragst.«

»Hier ist Abschnitt P.«

Sie bogen ab.

»Die hier sind schöner. Da gibt es mehr Engel und so.«

»Das überrascht mich nicht.«

Merkwürdigerweise fehlte es an menschlichen Geräuschen, man hörte nur einen Rasenmäher und Vogelgesang. Und der süße Duft von Blumensträußen, die auf den ganz frischen Gräbern lagen, hing in der Luft, den Gräbern, von denen sich Lupe abwendete.

Kurz darauf waren sie von Grabmalen mit Engeln und weinenden Frauen umgeben.

Lupe blieb abrupt stehen. Sie hatte den Grabstein von Jonathans Freund gefunden; daneben stand ein weiterer Grabstein, auf dem noch der Todestag fehlte:

Jonathan Langley, 1956–

»Hier ist es«, sagte sie leise.

»Wo?«

»Direkt vor uns.«

Er ging weiter vor und berührte den Grabstein. Darauf war eine weinende Frauengestalt, ihr Haar fiel ihr ins Gesicht, sie stand in Trauer vornübergebeugt. Mit den Fingern tastete er den Stein ab.

»Er fühlt sich so an, wie ich es haben wollte.«

»Sie haben ihn ausgewählt?«

»Ich habe ihn in Auftrag gegeben. Ich habe ihn noch gesehen, als er in Bearbeitung war, aber nicht mehr nach seiner Fertigstellung.« Er hielt inne. »Würdest du mir noch ein paar andere Namen vorlesen?«

Lupe sah sich um. »Okay. Arthur Hill, Lee Jones, Bradley Foster, Larry Jones, Peter Simon …«

Jonathan senkte den Kopf. »Meine Freunde. Sie sind alle hier zusammen. Das habe ich nicht gewusst.«

Lupe schwieg.

Jonathan sagte: » Würde es dir was ausmachen, mich eine Weile allein zu lassen? Mach einen Spaziergang und komm dann später wieder zurück.«

»Ist mit Ihnen alles in Ordnung?«

»Natürlich ist mit mir alles in Ordnung. Ich kann mich einfach hier irgendwo hinsetzen.«

»Hier ist eine Bank.« Sie führte ihn zu einer Steinbank in der Nähe, und er setzte sich so hin, dass er Georgies Grabstein zugewandt war.

Langsam und schweren Herzens ging Lupe auf dem Friedhof herum. Eine Weile saß sie unter einem Baum, schloss die Augen und murmelte etwas auf Spanisch. Ein Friedhofswärter fuhr vorbei und musterte sie argwöhnisch.

Er hielt den Rasenmähertraktor an. »Alles in Ordnung mit dir?«

Lupe öffnete die Augen. »Ja.«

Er fuhr weiter, und sie schloss wieder ihre Augen. Als sie sie wieder aufschlug, sah sie auf die Uhr und ging zu dem Abschnitt zurück, wo sie Jonathan allein gelassen hatte.

Er hatte seine Sonnenbrille und seinen Hut abgenommen und sich an eine Seite der Bank angelehnt. Erst als sie sich ihm näherte, erkannte sie, dass er im Plauderton mit dem Grabstein sprach.

»Mr Jonathan?«

Er sah auf, sein Gesicht war rot. Zum ersten Mal sah sie seine Augen aus dieser Nähe. Sie waren milchigweiß, starr und mit Flüssigkeit gefüllt. »Ich habe dir doch gesagt, dass du mich allein lassen sollst.«

»Der nächste Bus kommt in zwanzig Minuten, und dann fährt erst wieder einer in einer Stunde.«

»Okay«, sagte er schroff. »Hilf mir aufzustehen.« Er schien noch immer verärgert zu sein.

»Ich wollte nicht stören.«

»Du störst immer, Lupe. Das kannst du am besten. Das ist alles, was du tust, seitdem ich dich kenne.«

* * *

Es war Sportunterricht. Eine Gruppe unglücklich aussehender Mädchen, darunter auch Lupe, stand in schlecht sitzenden Turnsachen außerhalb der Schule da. Die Sportlehrerin, eine stämmige Frau mittleren Alters, teilte die Mädchen in zwei Mannschaften auf.

»Okay, Mädchen, ich weiß, Fußball ist nicht leicht, aber lasst uns ein Spiel probieren.«

Die Mädchen stöhnten.

»Alisa, du führst eine Mannschaft, Lupe, du die andere. Sucht euch eure Spieler aus – jeder elf. Alisa, du wählst die ersten fünf.«

Alisa, eines der beliebtesten Mädchen, rief mehrere aus ihrer Clique zu sich: »Heather, Ashley, Laura, Jeanie, Tanya.«

Demonstrativ ignorierte sie Brie, die abseits stand und äußerst unbehaglich dreinschaute.

Als Lupe an der Reihe war, sah sie sich einen

Augenblick um und sagte dann: »Brie, Lily, Missy, Sandra, Lisa, Karen.«

Brie wirkte erleichtert, aber leicht verlegen, als sie zu Lupe hinüberging.

Sobald das Spiel begann, wurde Lupe lebendig. Sie schien sich als Einzige in ihrer Mannschaft an die Regeln zu erinnern. Die anderen waren stümperhaft und konfus. Sie schoss ein Tor, dann noch eins, und unterstützte Brie, wann immer sie schwächelte.

Die Mädchen in der anderen Mannschaft waren noch schlechter, überhaupt nicht in Form und völlig orientierungslos. Eines von ihnen stolperte und fiel hin, eines stieß mit einer anderen Spielerin zusammen. Lupe trieb den Ball weiterhin auf das gegnerische Tor zu und übergab ihn an Brie.

»Komm schon, Lupe – noch eines und wir haben es geschafft!«, flüsterte eins der Mädchen.

Lupe erzielte ein Tor, und die Mannschaft brach in Jubel aus.

Die Lehrerin blies das Spielende ab. »Okay, tolle Leistung, Lupe. Du spielst wie ein Profi.«

Lupes Mannschaft drängte sich um sie.

Brie fragte voller Bewunderung: »Wo hast du denn so gut spielen gelernt?«

Lupe war außer Atem und stand gebeugt da. Es war offensichtlich, dass sie es in ihrem Eifer übertrieben hatte. »In Mexiko haben wir die ganze Zeit gespielt.«

* * *

Als Lupe am nächsten Nachmittag in die Bibliothek ging, waren wieder alle Computerplätze besetzt. Brie saß an einem. Als sie Lupe erblickte, war sie diejenige, die ihre Unterlagen sofort zusammenpackte.

»Ich bin fertig – du kannst hier dran«, sagte sie.

»Oh, ist schon in Ordnung …«, begann Lupe.

»Nein, es ist mein Ernst. Ich bin fertig.«

Lupe sah, dass Brie die Website eines sozialen Netzes aufgerufen hatte, die mit Fotos und Dialogen übersät war.

»Soll ich aus Facebook ganz rausgehen?«, fragte Brie sie.

»Ja, kannst du ruhig, ich bin da nicht drin«, antwortete Lupe. »Ich kenne nicht genug Leute.«

Brie dachte darüber nach, während sie mit ihren Büchern vor ihr stand.

»Du solltest es ausprobieren. Wenn Leute sehen, dass du angemeldet bist, wollen sie vielleicht Freunde von dir werden.«

Lupe versuchte, ihren Schock angesichts Bries freundlichen Tons zu verbergen. »Okay. Vielleicht probiere ich es mal aus.«

Brie ging hinaus, und Lupe setzte sich hin und begann mit ihren Hausaufgaben.

Als sie später an diesem Abend nach Hause kam, ging sie direkt in die Küche, wo ihre Großmutter gerade Reis kochte.

»Oma, ich weiß, dass ich dich schon mal gefragt habe, aber haben wir jetzt genug Geld, um einen Laptop zu kaufen?«

Mrs Saldana wandte sich mit ernstem Gesicht zu ihr. »Lupe, du weißt, dass wir kein Geld haben. Wir haben ja kaum genug, um Lebensmittel zu kaufen.«

»Ich stelle mir dauernd vor, dass wir mehr Geld haben, aber es funktioniert nicht.«

»Nun, lass einfach nicht locker«, meinte ihre Großmutter, während sie weiterrührte. »Nichts geschieht über Nacht. Frag doch Mr Jonathan, ob du seinen Computer benutzen kannst.«

* * *

Lupe klopfte an seine Apartmenttür und trat ein.

»Hallo, Mr Jonathan, darf ich Ihren Computer kurz benutzen?«

»Nur zu!«

Sie setzte sich an seinen Schreibtisch vor dem großen Bildschirm.

»Die Computerlautsprecher sind an, ich kann also alles hören, was du treibst.«

»Macht nichts. Es ist nichts Schmutziges oder so.«

Sie tippte eine Zeit lang, und die Wörter *Das ist Facebook* wurden angesagt. Dann war es wieder still.

»Du gehst tatsächlich auf diese dämliche Website? Ich fasse es nicht!«

»Nur ganz kurz.«

Sie saß schweigend da. Dann kamen weitere Ansagen: *Brie Heartland fragt nach, ob du ihre Freundin sein möchtest.*

Nach einer kurzen Pause:

Becca Zolinsky fragt nach, ob du ihre Freundin sein möchtest.

Lee Hanley fragt nach, ob du ihre Freundin sein möchtest.

Danny Miller fragt nach, ob du seine Freundin sein möchtest.

»Wow«, flüsterte Lupe, während sie bei jedem Einzelnen auf den *Okay*-Button klickte. Es waren alles Klassenkameraden.

»Habe ich da den Namen Brie Heartland im Zusammenhang mit dem Begriff *Freundin* gehört?«, fragte Jonathan.

»Ja«, antwortete Lupe, »haben Sie.«

12

Am nächsten Tag lag Jonathan mit nachdenklichem Gesichtsausdruck auf der Couch und hörte Radio, während Lupe emsig in der Küche hantierte.

»Mr Jonathan, ich habe vergessen, Ihnen zu sagen, dass ich morgen nicht kommen kann. Ich habe einen Test.«

Er machte das Radio leiser. »Das macht nichts. Ich brauche dich nicht die ganze Zeit.«

Er langte wieder nach dem Radio, um es lauter zu stellen, als ein Zettel auf sein Gesicht flatterte. »Wo ist das hergekommen?« Er berührte die Wand und fühlte einen weiteren. »Und das?« Behutsam tastete er weiter. Es fühlte sich an, als wäre die ganze Wand mit Haftnotizen bedeckt. »Was sind das hier für Zettel an der Wand?«

Lupe erschien in der Tür. »Das ist nur so eine Idee.«

»Was soll das heißen?«

»Na ja, ich dachte, wenn Sie keine guten Bilder in Ihrem Kopf haben oder positive Dinge über sich sagen, dann sollte ich das für Sie tun. Ich habe sie dahin getan, wo Sie immer sitzen.«

Jonathan richtete sich auf und betastete die ganze Wand.

»Auf dem Spiegel im Bad sind noch mehr.«

»Um Gottes willen.« Jonathan stampfte sichtlich verärgert ins Badezimmer. »Lupe, was steht auf diesen Zetteln?«

»Verschiedene Sachen. *Mich erwarten nur positive Dinge. Ich werde wieder sehen können. Ich gestalte meine eigene Zukunft.* Solche Sachen. Aber auf den meisten steht: *Ich werde noch viele gute Bilder malen.*«

»Lupe, ich werde mein Augenlicht nicht zurückgewinnen, egal was für einen Hokuspokus du an meine Wände hängst.«

»Sie dürfen das nicht sagen. Die Moleküle können Sie hören.«

Jonathan wurde immer wütender. »Ich *glaube nicht* an deine Moleküle, okay? Und ich werde es langsam satt, ständig davon zu hören. Es geschehen schreckliche Dinge. Sie sind *mir* passiert. Und das ganze Wunschdenken auf der Welt kann daran nichts ändern.«

»Sie müssen nicht an die Sonne glauben, sie scheint trotzdem auf Sie herab.«

Jonathan brach jetzt in Wut aus. »Man muss auch nicht daran glauben, von einer Krankheit befallen zu werden, die einem das Leben zerstört oder die einem den Menschen von der Seite reißt, den man über alles liebt. Frag deinen Großvater. Haben die Moleküle und die Klebezettel bei ihm funktioniert? Haben sie das zum Einhalt gebracht, was deinen Großvater umzubringen versucht?«

Lupes Gesicht fiel zusammen. Es war lange Zeit ganz still.

»Es tut mir leid. Es ist schändlich, so etwas zu sagen.«

Es war noch immer still.

»Ich sagte, es tut mir leid – wirklich.«

Es herrschte weiterhin Stille.

Jonathan streckte eine Hand aus. Lupe war nicht da. Die Tür stand offen. Er drehte sich herum und stieß mit einem Regenschirmständer zusammen. Er trat ihn aus dem Weg.

* * *

Am nächsten Tag vernahm Jonathan Unruhe im Treppenhaus und öffnete die Tür. Lupes Großmutter kam aus ihrer Wohnung heraus, sie schien in Eile und gestresst zu sein. Als sie ging, rief sie noch etwas ins Apartment.

»Ich rufe dich an, sobald ich was weiß, Liebling.« Sie ignorierte Jonathan und eilte weinend die Stufen hinunter.

Sie stieß mit Mrs Ramirez zusammen, der Nachbarin im Erdgeschoss, und die beiden unterhielten sich einen Moment lang hektisch auf Spanisch.

»Scheiße – es muss Mr Saldana sein«, flüsterte Jonathan. Er ging zum Apartment der Saldanas und klopfte. »Lupe, ich bin's …«

Mrs Ramirez ging die Stufen hinauf und sah Jonathan klopfen. »Das Krankenhaus hat angerufen, dass sie kommen soll«, sagte sie ihm.

»Sie klang so aufgeregt.«

Mrs Ramirez schüttelte den Kopf. »Ach, arme Juana, sie macht sich so viele Sorgen. Und geht immer ins Krankenhaus.«

»Was hat denn ihr Mann eigentlich genau?«

Mrs Ramirez sah Jonathan verwirrt an. »Nein, *es* geht um Lupe. Sie ist es. Wissen Sie es nicht? Oh, *Dios mío*. Sie hat Krebs – sie wird sterben.«

»*Lupe*! Was reden Sie da?«

Die Tür der Saldanas öffnete sich plötzlich. Lupes Großvater stand auf einem Gehstock gestützt da.

»Wo ist Lupe?«, fragte Jonathan.

Raul zögerte. »Sie ist im Krankenhaus.«

»Sie ist doch nicht richtig krank …?«

»Doch, Krebs.«

Jonathan schüttelte ungläubig den Kopf. »Aber das kann doch nicht *sein*! Wie kann sie krank sein? Sie tanzt doch immer, singt und lacht!«

»Weil sie *glaubt*, dass es ihr gut geht. Darum redet sie ständig über die *Quinceañera* und bereitet sich darauf vor.«

»Und was sagen die Ärzte?«, fragte Jonathan.

»Ein Arzt hat Lupe ganz offen gesagt, sie hätte Glück, wenn sie ihren vierzehnten Geburtstag noch erlebt. Aber Lupe will das nicht glauben. Sie sagt, nach dem Bild, das sie im Kopf hat, wird sie einmal eine junge Lady sein.«

»Aber warum ist sie denn jetzt im Krankenhaus?«

»Sie machen einen Test mit ihr. Hat sie Ihnen das nicht gesagt?«

Jonathan sah elend aus. »Stimmt, das hat sie mir gesagt. Ich habe einfach nicht zugehört.«

»Sie wollen sehen, wie es um sie steht. Sie sagen, der Test ist schmerzhaft.«

Jonathan war sichtlich mitgenommen. »Kann ich etwas tun, Mr Saldana? Irgendetwas?«

»Glauben Sie einfach, Mr Jonathan. Das würde Lupe sagen. *Glauben* Sie.«

* * *

Lupe war in einem Krankenhauszimmer. Mit einem Kittel bekleidet, lag sie seitlich auf einem Tisch. Hinter ihr stand ein Arzt mit einer Nadel.

Der Arzt sagte: »Okay, Lupe, jetzt machen wir die Lumbalpunktion, von der ich dir erzählt habe. Es kann wehtun, aber nur für eine Sekunde. Bist du bereit?«

»Ja.« Lupes Stimme klang tapfer, aber ihr Gesicht war von Schrecken erfüllt. Sie hielt sich an der Tischseite fest, als der Arzt die Nadel setzte. Sie erhaschte einen Blick von sich selbst in dem Chrom des Gerätewagens und sah in ihre eigenen Augen.

Leise sang sie: *»Ich bin ein geliebtes Kind des Universums, und das Universum kümmert sich jetzt und in alle Ewigkeit liebevoll um mich.«* Sie zögerte und fügte dann noch hinzu: *»Ich werde Ballkönigin. Ich werde Ballkönigin.«*

* * *

Jonathan räumte unbeholfen seine Lebensmittel weg, dabei fluchte er im Flüsterton. Er sah erbärmlich aus. Schließlich verzerrte sich sein Gesicht vor Zorn. Er begann die Küchenschränke so heftig zuzuschlagen, dass ein wackeliges Regalbrett hinter ihm erbebte und dann ganz von der Wand kam. Eine Zuckerdose fiel herunter und brach auf dem Küchenboden in Stücke.

»Scheiße!«, fluchte er. Er kniete sich hin und tastete herum, um herauszufinden, was geschehen war. Er wollte gerade noch mehr fluchen, doch dann hielt er plötzlich inne.

Mit gedämpfter Stimme begann er Lupes Lied gegen Flüche zu singen.

Sein Körper schien vor Traurigkeit und Scham in sich zusammenzusacken. Er berührte den verschütteten Zucker auf dem Boden mit den Händen. Abrupt entspannte sich sein Gesicht, und seine Hände begannen wie von selbst zu arbeiten. Das Fenster verdunkelte sich zunehmend, während er weitermachte.

Vor der Tür hörte er Schritte.

»Wer ist da?«

»Ihr Vermieter, Mr Langley. Alles okay?«

»Würden Sie bitte hereinkommen?«

Der Vermieter trat ein und blickte besorgt drein, als er Jonathan auf dem Boden sitzen sah.

»Sind Sie sicher, dass mit Ihnen alles in Ordnung ist?«

»Würden Sie sich für mich etwas ansehen?«

Der Vermieter kam näher.

»Sie haben den Zucker verschüttet. Kommen Sie, ich helfe Ihnen.«

»Nein, ich will nicht, dass es aufgefegt wird. Sehen Sie es sich einfach an. Sieht es nach irgendetwas aus?«

Der Vermieter trat einen Schritt zurück und betrachtete die Zucker-Zeichnung auf dem Boden. »Es sieht aus wie das Gesicht eines Mädchens …« Er zögerte und sah dann Jonathan verwundert an. »Es sieht wie Lupes Gesicht aus. Das ist unheimlich.«

Jonathan senkte den Kopf. »Danke.«

* * *

Kaum war der Vermieter wieder weg, hängte sich Jonathan ans Telefon.

»Ich brauche einen Zehn-Pfund-Sack Sand«, sagte er in den Hörer. »Er soll so schnell wie möglich geliefert werden. Egal, wie teuer es ist. Das ist mir völlig gleichgültig!«

Er legte auf und ging ins Schlafzimmer, wo er begann, Farben, Leinwand, Schalen und Pinsel aus dem Schrank zu kramen.

Der Bote fand bei seiner Ankunft einen völlig aufgelösten Jonathan vor.

»Sagen Sie kein Wort! Ich bin blind und ich spinne, aber ich habe einen Haufen Geld. Kommen Sie rein!«

Der Bote trug den Sand hinein und sah sich um. Jonathan hatte Leinwand auf dem Boden ausgelegt und mehrere Schalen in einer Reihe aufgestellt. Er war wie in einem Rausch. Er bat den Boten, ihm zu helfen, Farben und Sand zu mischen.

»Sie müssen in einer Reihenfolge sein, an die ich mich erinnern kann. Geben Sie also bitte in die erste Schale rote Farbe.«

Fast eine Stunde lang waren sie damit beschäftigt, in jeder Schale eine Farbe zu mischen.

Als alle Schalen mit Farben und unterschiedlichen Mengen Sand gefüllt waren, sagte Jonathan: »Auf der Kommode liegen vierzig Dollar. Nehmen Sie das Geld. Und danke.«

Jonathan nahm ein Messer und gab etwas von der Farbmischung auf die Leinwand. Mit dem Messer verteilte er die Farbe und mit der anderen Hand tastete er, wo die Farbe war.

Nach einer Stunde war Jonathan schweißgebadet und völlig mit Farbe verschmiert. Erschöpft stellte er die Leinwand aufrecht. Er trat ein paar Schritte zurück. Er konnte zwar nicht sehen, was er gemalt hatte, aber trotzdem verspürte er Zufriedenheit.

Es war, so hoffte er, ein Bild von Lupe in ihrem *Quinceañera*-Kleid.

Epilog

Es war ein Herbsttag, drei Jahre später. Es war eine große Party.

Jonathan saß an einem überfüllten Bankett-tisch, und über ihm hing ein Banner, auf dem stand: HERZLICHEN GLÜCKWUNSCH ZUR QUINCEAÑERA, LUPE!

Eine Latin-Band spielte fröhliche Musik, und fast alle tanzten.

An einem Tisch saß Brie mit etlichen Klassen-kameraden von Lupe. Ein anderer Tisch war mit Familienangehörigen besetzt, darunter auch Lupes Eltern, die kürzlich aus Mexiko zurückgekehrt waren, nachdem Jonathan ihnen geholfen hatte, als Verwalter auf einer nahe gelegenen Farm zu arbeiten. An einem Tisch saßen Nachbarn und an einem weiteren Krankenschwestern und Ärzte.

Als die Musik endete, schob sich Lupes Groß-vater im Rollstuhl zum Mikrofon und sprach auf Spanisch. Seine Frau stellte sich neben ihn und übersetzte.

»Nicht jeder hat gedacht, dass unser Liebling Lupe es schaffen würde, diesen großen Tag zu erleben, aber *wir* haben daran geglaubt, und was am wichtigsten ist, *Lupe* hat daran geglaubt. Sie hat uns alle gelehrt, mit Hoffnung und Glauben und großem Mut zu leben. Sie ist unser Engel auf Erden. Wir alle lieben sie und danken Gott, dass sie unser Leben segnet.«

Alle applaudierten, Jonathan am lautesten und am längsten von allen.

Lupe, jetzt fünfzehn Jahre alt, stand in einem reich verzierten Kleid da. Sie sah aus wie eine Prinzessin. Ihr Haar war geflochten und kunstvoll hochgesteckt. Im Laufe der vergangenen Jahre war sie fast dreißig Zentimeter gewachsen, und ihr Ausdruck war gelassener, ihr Gesicht schöner geworden. Sie lächelte und legte ihre Hände über ihr Herz, während die anderen weiterklatschten.

Sie ging hinüber zu ihren Großeltern und legte ihre Arme um deren Schultern und drückte sie fest an sich. Dann wandte sie sich ihren Eltern zu, die vor Stolz strahlten. Schließlich ging sie zu dem Tisch, an dem Jonathan saß. Hier hatte sich eine bunte Mischung an Gästen eingefunden: Leo, der Stoffhändler, in einer Brokatweste, William, der Taxifahrer, Jonathans Schwester Carla und ihr Sohn Rodney, der Vermieter Mr Antunucci und der hiesige Bote.

Jonathans Haar war an den Schläfen grauer geworden, und sein Gesicht war von Falten durchzogen und runzlig, aber in seinem Gesichtsausdruck war etwas Neues hinzugekommen, Frieden. Er schien überrascht, als Lupe ihm auf die Schulter klopfte.

Er streckte die Hand aus, und sie ergriff sie. »Darf ich bitten?«, fragte sie.

Als Antwort darauf machte er eine elegante Verbeugung, und sie führte ihn zur Tanzfläche.

Eine langsame, liebliche Melodie setzte ein, und die beiden begannen zu tanzen.

Lupe umkreiste Jonathan, und sie bewegten sich mit einer Leichtigkeit, als hätten sie ihr ganzes Leben lang nichts anderes getan.

Jonathan flüsterte Lupe leise ein paar Worte ins Ohr, und sie schaute zu ihm hoch und lächelte ihn an.

»Bitte, gern geschehen«, sagte sie.

Als die Musik endete, warf Jonathan voller Freude einen Arm in die Luft, und für einen Augenblick war er die lebendige Verkörperung des *Tanzenden Vagabunden*.

ISBN 978-3-7934-2234-1

Allegria

ThetaHealing™ – Die revolutionäre neue Heilmethode

VIANNA STIBAL
Theta Healing
Die Heilkraft der Schöpfung
416 Seiten
€ [D] 12,99 / € [A] 13,40
sFr 21,90
ISBN 978-3-548-74519-0

Die revolutionäre neue Heilmethode aus den USA beruht auf dem Theta-Zustand des Gehirns, einer im EEG nachweisbaren Gehirnwellenkurve, die im Zustand tiefer Entspannung und bei Hypnose auftritt. In Verbindung mit einem fokussierten Gebet – zu keinem religionsspezifischen Gott – und einer klaren Vorstellung der Heilungsabsicht entsteht dabei ein Heilprozess, der unmittelbar auf die Zellen wirkt und den von der DNA vorgegeben natürlichen Zustand des Körpers wieder herstellt.